초록빛 청춘

김제철 지음

김 제 철

한양대학교 국어국문학과 및 같은 대학원을 졸업하고 ≪소설문학≫ 신인상으로 작품활동을 시작했다. 〈계절〉로 ≪월간문학≫ 희곡 신인상을, 한국 고대사의 시원을 밝힌 ≪사라진 신화≫로 삼성문예상을, 고려 무인정권의 폐해를 그린 ≪그리운 청산≫으로 오늘의 작가상을 각각 수상했다. 장편소설 ≪사라진 신화≫, ≪그리운 청산≫, ≪솔레이노의 비가≫, ≪성자, 고향으로 가다≫, ≪신화의 종말≫, ≪적도≫, ≪이별의 사상≫, ≪조금은 슬프고 혹은 아름다운≫, ≪이별의 노래≫, ≪초록빛 청춘≫, ≪청도감나무≫ 등이, 작품집으로 ≪최후의 땅≫, ≪우리도 별까지≫ 등이, 수필집으로 ≪보리밥과 쌀밥≫ 등이 있다.
2012년 ≪눈빛≫으로 문화체육관광부 우수문학도서에, 2014년 ≪바다로 간 오리≫, 2016년 ≪헤이그의 왕자 위종≫이 세종도서 문학나눔 부문에 선정되었다.
현재 한양여자대학교 문예창작과 교수로 재직 중이다.

초록빛 청춘

© 김제철, 2019

1판 1쇄 인쇄__2019년 6월 20일
1판 1쇄 발행__2019년 7월 15일

지은이__김제철
펴낸이__홍정표
펴낸곳__작가와비평
    등록__제2018-000059호
    이메일__edit@gcboo.co.kr

공급처__(주)글로벌콘텐츠출판그룹
    대표__홍정표
    디자인__김미미 이상민   **기획·마케팅**__노경민 이종훈 권군오 홍명지
    주소__서울특별시 강동구 풍성로 87-6
    전화__02) 488-3280   **팩스**__02) 488-3281
    홈페이지__http://www.gcbook.co.kr

값 13,800원
ISBN 979-11-5592-232-3 03810

초록빛 청춘

김제철 지음

작가와비평

목차

쿠데타를 모의했다는 말은 혁명에 실패했다는 뜻이다.
본의 아니게 쿠데타 모의의 주모자로 의심받았을 때,
내 나이 열두 살이었다.
그러므로 그때 이미 나는 세상의 불편함을 깨닫기 시작했다.

떠나는 자의 기쁨

그 도시에서 처음 살기 시작하던 무렵을 회상하면, 지금도 조금 복잡한 기분이 된다. 그것은 뭔가 삶이 꼬이면서 세계와의 불화를 느끼게 된 게 그때부터이며, 수십 년이 지난 지금도 나 자신이 그때와 별반 달라지지 않았다고 생각되기 때문이다.

요컨대, 그때 이미 나는 어린아이가 아니었으며 그 이후로도 장차 더욱 어른스러워져야겠다는 따위의 생각은 하지 않았던 것이다.

그 도시에서 살게 되었을 때는 막 5학년이 시작되던 무렵이었다. 그러니까 나는 4학년을 마치고 봄방학 때 그

도시로 이사를 왔던 것이다.

그 도시로 이사 오기 전, 나는 그 도시의 남쪽에 있는 항구도시에서 살았다. 그리고 처음 부모님으로부터 그 도시로 이사 가게 되었다는 말을 들었을 때 무척 흥분되고 가슴이 설레었다.

뭐, 그렇다고 그 항구도시에서의 생활이 불만스럽다거나 재미없었던 것은 절대 아니었다. 서울에 이어 우리나라에서 두 번째로 큰 도시인 그 항구도시는 내가 초등학교에 입학하기 두어 해 전부터 살았던 곳으로 바다와 산이 어우러져 있어 사람들이 살기에 그다지 나쁜 환경은 아니었다. 내가 다니던 초등학교만 해도 그랬다. 내가 살던 영도구(影島區)의 이름을 딴 학교는 봉래산(이 봉래산의 명칭이 언제 생겼는지, 그리고 어디에서 유래했는지는 알 수 없다. 중국 사마천의 『사기(史記)』에도 발해 부근에 봉래산이 있다고 했고, 조선시대에 세조를 제거하고 단종을 복위하려던 사육신 중의 한 사람인 성삼문의 시조에도 봉래산이란 말이 나오는 걸 보면 봉래산은 어느 특정한 산 이름이라기보다 어쩜 일반적이고 흔한 산 이름인지도 모르겠다. 금강산도 여름엔 봉래산이라고 했다니까. 그러나 내가 살던 집이 봉래동 4가 43번지인 것을 보면 분명 그 산의 이름 봉래산은 나름대로 의미가 있을 것이다) 중턱에 위치해 있었는데 아침이면 자주 산자락을 안개가 감돌고 있어 학교 전체가 신비스런 분위기가 감도는 것 같았고 운동장에 서면 멀리 일제강점기 때 지었다는 영도다리와 바다가 한눈에 들어왔다. 그 바다엔 외국을 오가는 큰 배들과 작은 고기잡이배들이 가득 떠 있었다. 그러므로 비록 바다가 멀어서 갈매기까지 보일 리는 없지만, 아침이면 운동장에 울려 퍼지는 '아침바다 갈매기는 금빛을 싣고 고기잡이배들은 노래를 싣고…' 같은 동요가 썩 그럴싸하게 들렸다.

학교 뒷산인 봉래산을 넘자면 고개를 하나 지나가야 하는데 사람들은 그 고개를 아리랑고개라고 불렀다. 그 또한 흔한 이름이지만 봉래산처럼 그 고개이름에도 특별한 의문은 없었다. 나도 3학년 가을 소풍 때 그 산을 넘어간 적이 있었다. 그 산을 넘으면 태종대란 해안절벽이 나왔다. 지금은 아스팔트 도로가 깔리고 레스토랑과 호텔 등 위락시설이 들어서 있어 옛 모습을 상상하기조차 힘들지만 당시의 태종대는 그야말로 자연이 빚어 놓은 절경의 원형이었다.

아무튼, 나는 봉래산을 배경으로 하고 영도다리와 바다가 바라보이는 그 학교 운동장에서 '아침바다 갈매기는 금빛을 싣고…' 같은 동요를 들으며 사 년을 뛰어 놀았다. 그동안 비교적 나는 착하고 성실한 학생이었으며 친구들도 많았다. 그리고 기억되기로는 한 번도 사고를 일으키거나 말썽 같은 걸 피운 적도 없었다. 그러던 중 4학년이 끝나갈 즈음 이사를 갈 거라는 소리를 부모님으로부터 들었던 것이다.

물론, 그 소리를 처음 들었을 때 아쉽고 섭섭한 느낌이 없었던 건 아니었다. 어쨌건 항구도시는 내가 육 년을 산 도시였다. 내가 항구도시로 이사 온 것은 아마도 여섯 살 전후로 짐작된다. 그 전에 나는 서울 혜화동에 살았다고 하는데 분명치는 않지만 그 무렵 4.19가 일어났던 게 아닌가 싶다. 머리에 흰 띠를 두른 사람들이 가득 탄 트럭들이 집 앞을 지나가는 광경이 기억에 남아 있었는데 나중에 4.19 화보집에서 비슷한 사진을 보았던 것이다. 서울에서 항구도시로 이사 온 이듬해에도 세상은 좀 어수선했던 것 같다. 그때는 아직 내가 초등학교에 입학하기 전이었지만, 사람들이 운동장에 모여 무슨 시국강연 같은 것을 들었던 기억이 난다. 사람들 주변으로 군인들이 서 있었던 것으로 봐서 어쩜 5.16 직후가 아니었나 생각되지만 확실한 건 아니다.

확실한 건, 초등학교에 입학하기 전까지 나는 내 삶을 확실하게 기억하지 못했다는 것이며 더욱 확실한 건 초등학교에 입학한 후로는 비교적 내 삶을 확실하게 기억하게 되었다는 사실이다. 따라서 초등학교에 입학한 후로 4학년을 마칠 때까지의 사 년간은 내가 확실하게 기억하고 있는 내 삶의 소중한 부분이었으므로 그것이 같은 형태로 계속 이어지지 못하게 된 데에 대한 아쉬움이야 없을 수 없었다. 더욱이 내게는 한번 시작하면 쉬지 않고 단숨에 이름을 댈 수 있는 열 명 정도의 가까운 친구들도 있었다.

그렇지만, 확실히 기억할 수 있는 지난 사 년과 단숨에 이름을 댈 수 있는 열 명 가량의 가까운 친구들보다 미지의 세계를 향해 어디론가 떠나게 된다는 사실이 내게는 더욱 매력적이었다. 실제로, 팔십 명 가량의 급우들 중에 이사를 가지 않는 학생이 대부분일 때 이사를 간다는 것은 얼마나 특별한 일이며 그 특별한 일이 내게 일어나게 되었다는 것은 또한 얼마나 근사한 일이냐. 당시에 가끔 보았던 한국영화도 그랬다. 요즘은 꼭 그런 건 아니겠지만 당시의 한국영화는 끝 장면에 주인공이 항상 어디론가 떠나고 있었다. 그래서 나는 영화는 무조건 주인공이 어디론가 떠나는 것으로 끝나야 되는 거라고까지 믿고 있었다. 그러므로 영화의 주인공처럼 어디론가로 떠나게 되었다는 사실을 부모님을 통해 알게 된 순간부터 나는 가슴에 차오르는 흥분과 설렘을 가눌 길이 없었다. 말하자면, 그때 이미 나는 보내는 자의 슬픔보다 떠나는 자의 기쁨을 몸소 체험하고 있었던 것이다.

그러나 물론 겉으로 그런 내색을 하지는 않았다. 그것은, 어쨌든, 그동안 친하게 지냈던 친구들을 배신하는 일이었으므로 오히려 나는 슬픔을 가장했다. 그래서 아버지의 사업이 실패하는 바람에 어쩔 수 없이 이사를 가게 되었다는 식으로 표정을 관리했다. 그런 내게 친구들은 번갈아가며 자기 집에서 떠나는 나를 위해 조촐한 파티를 열어주었다. 우리는 봄방학이 될 때까지 매일같이 과자를 놓고 유행가를 합창하며 파티를 즐겼다.

그리고 마침내 봄방학이 시작되는 날, 운동장에서 아이들과 이별을 했다. 반 아이들이 모두 모인 가운데 담임선생은 내가 떠나게 되어 몹시 아쉽고 안타깝지만 나중에 훌륭한 사람이 되어 서로 다시 만날 수 있을 거라는 요지의 얘기를 했고, 나는 아이들 앞에 무슨 죄라도 지은 양 고개를 약간 숙이고 있었다. 그렇지만 내가 고개를 숙인 채 떠나는 자의 기쁨을 애써 억누르고 있었듯이 아이들의 표정에도 보내는 자로서의 슬픔보다는 떠나는 친구에 대한 부러움이 더욱 역력했음을 나는 눈치채고 있었다.

그러나 반 아이들과 일일이 이별의 악수를 나누면서 나는 끝까지 슬픈 표정을 고수했다. 이제 나는 저학년을 마쳤으며 그래서 이미 어린아이가 아니었던 것이다.

007 제임스 본드

아버지 얘기부터 조금 해야겠다.

아버지의 별명은 제임스 본드이다. 제임스 본드란 잘 아시다시피, 영국의 비밀첩보원이다. 물론 007 시리즈 영화 속에서만 말이다. 그렇지만 영화 속에서 제임스 본드는 정말 매력만점의 사나이였다.

뭐, 그렇다고 아버지가 영화의 주인공처럼 멋지다고 말할 수 있을지는… 모르겠다. 글쎄, 당신 본인은 혹시 그렇게 착각하고 사셨을지도….

아무튼 아버지가 제임스 본드가 된 데엔 약간의 유래가 있다. 우선, 007과 제임스 본드에 대해 조금 얘기하기로 하자.

우리나라에 007 영화가 처음 들어온 건 내가 항구도시에 살 적인 초등학교 1, 2학년 무렵이었다. 007 영화는 그 이전의 첩보원이나 스파이 영화에 비해 스케일이 커서 개봉되자마자 엄청난 인기를 끌었다. 그런데 우리나라에 처음 수입된 ≪007 위기일발≫은 실제로 두 번째 작품이었다. 즉, 007 영화 시리즈로 제일 먼저 제작된 영화는 ≪007 살인번호(원제는 닥터 노오)≫였는데 우리나라에서는 두 번째 작품인 ≪007 위기일발≫부터 먼저 상영되었던 것이다. 그것도 〈애인과 함께 소련서 오다〉란 제목을 일본식인 〈위기일발〉이란 제목으로 바꾸어서.

아무튼, 007 영화가 사람들의 인기를 모으게 되자 아이들 사이에서도 화제가 되었던 것은 당연했다. 너 007 봤어? 한두 명만 모여도 그 질문이 화두가 되다시피 했다. 그렇지만 당시의 아이들로서 007 영화를 보기란 쉬운 일이 아니었다. 나 역시 007 영화를 본 건 4학년 때 개봉된 두 번째 영화(실제로는 첫 번째 제작된) ≪007 살인번호≫부터였다.

그런데 어느 날이었다. 한 녀석이 엉뚱한 소리를 하는 것이었다.

"007 이름이 제임스 본드가 아냐."

"뭐라고? 007이 제임스 본드가 아니라고?"

"응."

"그럼 뭔데?"

"숀 코네리."

녀석은 어려운 영어 발음을 애써 혀를 굴려가며 힘들게 조작했다.

"뭐, 숀 코네리?"

"그래. 제임스 본드가 아니고 따로 숀 코네리란 이름이 있대."

"무식한 자식! 너 영화는 봤어?"

"아니."

"보지도 않았으면서 그딴 엉터리 소리를? 얌마, 영화나 보고 나서 얘기해."

그런데도 녀석은 끝까지 말도 안 되는 소리를 우겼다. 007이 제임스 본드지 이름도 이상한 숀 코네리라니. 그래서 그날 집으로 돌아가 함께 살고 있는 삼촌에게 물었다. 그랬더니 숀 코네리가 맞다는 것이었다. 나는 공부도 잘 못하는 녀석한테 한 방 먹은 것 같아 적잖게 자존심이 상했다. 어쨌건, 007의 본래 이름이 숀 코네리라는 것을 알게 된 것은 그런 과정을 통해서였다.

그런데 나중의 일이지만, 그 숀 코네리는 여섯 편인가를 끝으로 007 영화의 주인공 역을 다른 배우에게 넘기게 되었다. 그 주된 이유는 액션을 많이 해야 하는 제임스 본드 역을 맡기에 숀 코네리가 너무 늙어 보인다는 것이었다. 그렇지만, 웃기는 일은 숀 코네리에서 단 한 편의 007 영화에 출연한 죠지 렌젠비라는 배우를 거쳐 새로 제임스 본드 역에 발탁된 로저 무어는 실제로 숀 코네리보다 세 살이 더 많은 배우였다. 그러니까 더 젊어 보이는 배우로 대체한다고 뽑은 배우가 실제 나이는 더 많았다는 얘기다.

그 얘긴, 다시 말하면, 007 제임스 본드의 원조인 숀 코네리는 실제 나이보다 훨씬 노숙해 뵈는 배우였다는 것이다. 사실이 그랬다. 007 영화에 처음 출연할 때 숀 코네리는 삼십 대 초반의 젊은 나이였는데도 불구하고 나이 이상으로 중후해 보였다.

지금까지 왜 숀 코네리의 얘기를 장황하게 늘어놓았는가 하면 숀 코네리의 바로 그 점이 아버지와 닮았다는 점을 말하고 싶어서이다. 이마가 넓고, 특히 이마의 양 가장자리가 올라간 숀 코네리처럼 아버지도 그랬다. 그래서 아버지 역시 실제보다 나이가 더 들어 보였고 또 그렇게 행세하려고 했다. 항구도시에 살 적에 아버지는 가끔 가죽점퍼 차림에 무슨 연유에서인지 선글라스를 끼고 다녔는데 아이들은 그런 아버지를 형사 같다고 했다. 나는 군 출신인 아버지가 혁명에 성공한 장군이 선글라스를 끼고 다니는 걸 괜히 흉내 내는 게 아닌가 추측하고 있었다. 그랬는데, 길거리에 나붙은 007 영화 포스터를 본 후부터 아이들은 어느 날 우연히 학교에 들른 아버지를 형사보다 제임스 본드 같다고 했다. 그것은 순전히 앞이마에만 머리숱이 있고 이마가 양옆으로까지 올라간 아버지의 머리형 때문이었다. 덕분에 아이들 사이에서 아버지는 졸지에 제임스 본드가 되었다. 007 제임스 본드. 그렇지만, 아이들이 아버지를 제임스 본드와 동일시하는 게 나로서는 미상불 나쁘지는 않았다.

그런데 문제는 숀 코네리처럼 그렇게 이마가 넓고 나이가 들어 보이는 아버지가 실제로도 나이 든 행세를 했다는 사실이었다. 항구도시 시절 나는 고작 삼십 대 중반밖에 안 되는 아버지가 당신과 비슷한 또래의 사람들과 어울리는 것을 별로 본 적이 없으며, 어쩌다 그런 사람들과 함께 있을 때에도 그들을 마치 아랫사람 취급하며 스스로는 나이 든 오야붕처럼 굴었다.

그랬던 만큼, 아버지의 그런 행태는 그 도시에 와서도 전혀 달라지지 않았다. 그리고 그로 인해 나는 자주 삶이 곤혹스럽고 피곤함을 느껴야 했다.

이사가 결정되고 아직 내가 2월 한 달을 더 학교에 다니고 있는 동안 아버지는 어머니와 함께 먼저 그 도시로 떠났다. 새로 산 집의 수리와 내 전학을 위한 여러 가지 준비를 하기 위해서였다. 그동안 나는 아버지의 누님인 고모 댁에서 학교를 다니고 있었다.

그 도시로 가서 아버지가 내 전학을 위해 처음 한 것은 내가 다니게 될 초등학교의 교장선생을 찾은 일이었다. 삼십대 중반의 아버지는 교무실을 거치지 않고 대뜸 교장실부터 가서 육십이 다 된 교장선생을 만난 후 내가 전학하게 될 것이라는 사실을 알렸다. 그리고 교장선생은 오십대 중반의 교무주임선생을 교장실로 불러 그 사실을 일러주었다. 아직 새 학기가 시작되기 전이었고 반 편성도 안 된 상태였지만 나는 5학년 1반에서 공부하기로 그 자리에서 정해졌다.

그렇지만 아버지의 그런 행동은 얼마 후 전학 올 나를 여러 모로 불편하게 했다. 어른들도 때로 사려 깊지 못하고 즉흥적인 행동으로 자식들을 황당하게 한다는 것을 나는 그때 처음 체험했다.

우물 있는 집

내가 이사 가게 된 도시는 우리나라에서 세 번째로 큰 도시였다. 그러니까 나는 두 번째 도시에서 세 번째 도시로 이사를 가게 된 셈이었다.

그러나 전락(轉落)이라는 기분은 들지 않았다. 오히려 어디론가 떠나서 미지의 세계와 만난다는 사실만으로 마냥 흥분될 뿐이었다. 4.19의 혼란스런 분위기를 피해 우리 가족이 서울서 항구도시로 옮겨갔을 때는 나는 너무 어려서 기억하지 못했으며 어쨌건, 어디론가 이사하게 된 것을 인식하기는 그때가 처음이었다. 그래서인지 항구도시를 떠나 고모와 함께 그 도시를 향해 기차를 타고 가는 네 시간—지금은 두 시간도 채 안 걸리지만—가까운 동안 나는 내가 살 새집과 동네에 대한 호기심과 설렘으로 들뜬 기분을 제대로 가누지 못했다. 내 앞자리에 앉은 대학생쯤으로 보이는 아저씨와의 대화도 당연히 그쪽이 되었다.

"아저씨, 동인동이 역에서 멀어요?"

"동인동?"

"예, 동인동요. 거꾸로 해도 동인동, 바로 해도 동인동."

"으음…. 역에서 1킬로미터 정도 떨어져 있어."

"1킬로미터요?"

그렇다면 상당히 가까운 거리였다. 항구도시에 살 적에 나는 학교를 파하면 자주 친구들과 영도다리를 건너 이순신 장군 동상이 있는 용두산 공원에 가서 놀곤 했었다. 학교에서 용두산 공원까지는 족히 3, 4킬로미터는 될 터였다. 그런데도 별로 멀다는 느낌은 없었다.

아버지도 그랬었다. 새로 살게 될 집이 역에서 별로 멀리 떨어져 있지 않다고.

"그럼 동인초등학교는요?"

"물론 동인동에 있지. 그런데 왜?"

"제가 그 동네로 이사를 가거든요."

"그럼 그 학교에 다니게 되겠구나."

"그럴 거예요, 아마."

"그 동네 살기 좋은 동네야. 학교도 좋은 학교고."

그렇지만 내가 본 그 도시의 첫인상은 약간 우중충했다. 그것은 역에 도착했을 때가 어둠이 깃들기 시작하는 저녁 무렵인데다가 겨울비까지 내리고 있었기 때문인지도 몰랐다. 그런 느낌은 택시를 타고 집으로 올 때까지도 별로 달라지지 않았다. 놀라운 것은 우리나라 세 번째 도시에다가 역에서 불과 1킬로미터밖에 떨어지지 않은 동네로 오는 동안 길가에 있는 초가집을 두 채나 보았다는 사실이었다. 도로변에 초가집이라니. 그것은 두 번째 도시와 세 번째 도시라는 불과 한 끗발의 차이가 실제로는 어마어마하다는 점을 여실히 드러내고 있었다.

집에 도착한 나는 저녁을 먹자마자 피곤하여 그대로 잠에 빠졌다. 그리고 다음 날 아침잠에서 깨었을 때 비로소 제대로 새집을 볼 수 있었다.

새집은 전형적인 한옥이었다. 기역자 구조로 된 본채는 안방과 건넌방 사이에 대청마루가 있고 기역자의 가로와 세로획에 해당되는 부분에 각 한 개씩 두 개의 툇마루가 나 있었다. 본채의 방은 모두 다섯 개였고 장독간 옆 별채엔 따로 두 개의 방이 있었다. 그러니까 방이 모두 일곱

개나 되는 꽤 큰 집이었다. 나는 집의 크기보다도 그런 형태의 가옥에 별로 친숙하지가 않았다. 내가 살던 항구도시엔 그런 집이 거의 없었던 것이다. 그러므로 전형적인 한옥에 대한 나의 낯섦은 해안도시와 내륙지방의 가옥의 구조의 차이 때문일 수도 있었다. 나는 몇 번 가 본 기억이 있는 외갓집과 비슷한 새집을 보며 잠시 시골에 온 듯한 느낌이 들었다. 마당 한 편의 화단 끝에 우뚝 서 있는 감나무와 장독간 앞에 있는 우물을 보면 그런 느낌이 더했다.

집안에 감나무라니. 항구도시에서는 미처 생각지 못했던 것이었다. 게다가 우물이라면 상상조차 못 하던 것이었다. 그렇지만 새집이, 항구도시의 집과 다른 구조였달 뿐이지, 도로변의 가게와 붙어 있어서 굳이 시골스럽다고 말할 순 없었다. 단지 그 도시에서 좀 드물게 큰 집이어서 그렇게 제대로 된 한옥구조를 갖추고 있었던 것이며 동네의 다른 집들은 그보다 훨씬 작았다.

내가 도착했을 때 도로 쪽의 가게는 공사를 준비하고 있었던지 건축용 모래가 대문 근처에 가득 쌓여 있었다. 아버지는 가게를 헐고 새로 건물을 지을 거라고 했다.

나는 아침 식사 후 잠시 마당을 거닐었다. 마당 한 편의 화단은 헐벗은 나무들과 화초들이 빼곡히 들어차 있었다.

아마 여름이 되어 나뭇잎이 무성해지면 그 뒤쪽의 별채는
그것들에 가려 대청마루 쪽에선 잘 보이지 않을 것 같았
다. 나는 우물로 가서 고개를 숙이고 그 속을 들여다보았
다. 어두침침한 우물 속은 꽤 깊어 보였다. 우물 안벽은
주먹보다 큰 자갈로 되어 있었는데 이끼가 잔뜩 끼어 있었
다. 한번 빠지기라도 하면 그 이끼 때문이라도 혼자서는
도저히 올라오지 못할 것 같았다. 재미 삼아 침을 뱉자
한참 후에 그 아래에서 수면에 부딪치는 희미한 소리와
함께 파문이 일었다.

대문 밖으로 나와보니 집 앞 도로가 전날 택시를 타고
오면서 보았던 것보다 좁았다. 왕복 이차선의 도로 주변
으로는 허름한 가게들이 줄지어 있었다. 집에서 조금 걸
으면 학교였다. 그 학교는 봄방학이 끝나면 내가 다니게
될 학교였다.

나는 학교 정문 앞에 서서 본관을 바라보았다. 본관은
바로 정문 입구에서 길 쪽을 보고 있었으며 그 사이로는
엄청나게 큰 키의 잣나무들이 양 옆으로 뻗어 있었다. 그
학교는 항구도시에서 다니던 학교보다 훨씬 근사해 보였
다. 항구도시의 학교는 본관이 목재로 지은 삼층건물이었
다. 아마도 일제강점기 때 지은 것으로 짐작되는 그 건물

은 봉래산 중턱에 있는 보국대 건물과 비슷해서 영 별로였다. 그런데 그 학교는 잣나무가 드리워진 본관부터가 시멘트 건물이었고 본관 앞 화단도 예쁘게 다듬은 사철나무와 향나무들로 운치가 있었다.

이제 며칠 후면 저 속에서 새 학년을 시작하게 될 것이다.

나는 정문 앞에 서서 본관 건물을 바라보며 한번 심호흡을 했다.

쿠데타의 주모자로 몰리다

그러나 결론부터 말해서 새 학교에서의 생활은 출발부터 그다지 썩 매끄럽지 못했다. 다시 말해, 일찍이 겪어 보지 못했던 혼돈으로 한 학기 내내 나는 고투(苦鬪)를 해야 했던 것이다.

우선 개학날서부터 그 이후의 며칠간에 대해서 얘기를 하자.

아버지가 교장선생을 만난 자리에서 이미 결정되었던 대로 나는 5학년의 여덟 개 반 중 첫 번째 학급인 1반으로 배정되었다. 뭐, 1반이라고 해서 특별히 나을 것은 없었겠지만, 어쨌건 교장선생으로선 나름대로 배려를 한 것일 수도 있었다. 아버지는 담임선생이 누군지도 진작 알고 있었다. 아마, 교장선생이 나를 1반으로 배정시키는 자리에서 담임선생과 인사를 한 모양이었다.

아무튼, 이미 교장선생을 통해서 학급 배정을 받은 나였던 만큼, 담임선생은 아이들에게 나를 실제 이상으로 과분하게 소개를 하였다. 두 번째 도시인 항구도시에서 왔으며, 공부를 잘하는 아주 우수한 학생이자 매사에 행실거지가 반듯한 모범생이라는 식이었다. 뭐, 아주 틀린 소리라고 할 순 없지만 그렇다고 굳이 그런 소리를 아이들 앞에서 듣기는 조금 낯간지러웠다. 대부분의 아이들도 따지고 보면 대충 그러하니까.

담임선생은 비교적 호쾌한 용모에 목소리가 굵었고 행동도 시원시원한 편이었다. 그래서 아이들이 꽤 좋아했다. 나도 호감이 가서 특활반은 담임선생이 맡고 있는 미술반에 들었다.

그 담임선생을 개학 후 삼사 일쯤 뒤 나는 뜻밖의 장소에서 만나게 되었다. 학교를 파하고 집으로 돌아와 툇마루에 앉아 쉬고 있는데 마당으로 담임선생이 들어오는 것이었다. 나는 반가운 마음에 자리에서 일어섰는데 담임선생을 나를 보자 몹시 당황한 표정을 지었다.

뭔가 이상하다고 느끼는 순간 담임선생이 물었다.

"너, 왜 여기 있니?"

"여기 우리 집인데요."

"너희 집?"

담임선생은 우리 집인 줄 모르고 들어온 것 같았다.

"그런데요."

"난 대문에 전셋집이란 게 붙어 있어서⋯."

내가 듣기로 아버지는 방 두 개가 있는 별채를 전세 놓는다고 했었다.

"그럼, 아버지 찾아오신 게 아녜요?"

"응, 그게⋯."

"들어가서 선생님 오셨다고 말씀 드릴게요."

"아니, 아니다."

담임선생은 손을 내저으며 뒤돌아서서 황급히 마당을 빠져 나갔다. 몹시 허둥대는 모습이었다. 그렇지만 그런 모습이 왠지 나쁘게 보이지는 않았다.

그리고 며칠 후였다. 음악시간이었는데 8반 선생이 들어왔다. 8반 선생은 앞으로 음악 시간은 자신이 맡을 거라고 했다. 대신 8반 미술 시간은 우리 담임선생이 담당할 거라면서. 그때 옆에 앉은 아이가 말했다.

"우리 선생 풍금을 못 치거든."

"오르간을 못 친다고?"

그 말을 듣는 순간 나는 이상한 기분이 되었다. 서글서글한 성격으로 아이들이 좋아하는 담임선생이 갑자기 어디 한군데가 성치 않은 불구처럼 느껴졌던 것이다. 왜냐하면 초등학교 선생들은 대개 만능인 같아서 거의 모두 오르간을 다룰 줄 알았고, 그래서 다른 반 선생이 대신 음악 수업을 한 적이 내 경우 5학년이 될 때까지 한 번도 없었던 것이다. 그래서 그까짓 오르간 못 다루는 게 별일이 아닐 수도 있는데, 담임선생에 대한 연민의 감정 같은 게 뭉클 일었다.

"그럼 8반 선생은 그림 잘 그려?"

"그건 몰라. 아무튼, 반을 바꾸는 건 그림 때문이 아니라 오르간 때문이야. 3학년 땐가도 그런 적이 있으니까."

그런데 정작 문제는 그 다음 주에 일어났다. 월요일 아침에 학교로 갔을 때 아예 8반 선생이 우리 반 담임으로 바뀌어져 있었던 것이다.

"오늘부터 내가 너희들 담임을 맡게 됐다. 박 선생님은 8반을 맡으시고."

나는 그렇게 된 이유가 궁금했다. 그건 다른 아이들도

마찬가지일 터였다. 그러나 아무도 그 이유를 묻는 아이들은 없었다. 아마 궁금해도 감히 물을 수는 없었을 것이다.

그렇지만, 나나 아이들 모두 별로 기분이 유쾌하지 못한 건 분명했다. 짧은 일주일 남짓한 동안이었지만 우리는 8반으로 간 담임선생을 좋아하고 있었던 것이다. 그에 비한다면 새 담임선생은 글쎄… 뭐 특별히 뭐라고 말할 수 없었다. 호인처럼 보이던 전 담임선생과 달리 조금 마른 체격에 깐깐하고 혹은 옹졸하거나 신경질적일 것 같은 인상이 썩 친숙하게 느껴지지는 않았다. 물론 그것은 전 담임선생에 비해 상대적인 것일 수도 있었다. 그렇게 담임선생이 바뀐 가운데 얼마간의 시간이 흘렀다.

토요일이었다. 집으로 가려는데 담임선생이 나를 잠깐 남아 있으라고 했다. 그리고 다른 아이들이 모두 교실을 빠져 나가자 종이를 한 장 주면서 말했다.

"그동안 학교생활을 하면서 일어났던 일을 모두 적어라."

나는 담임선생이 왜 그러는지 의아해 하면서도 내가 전학 왔으니까 학교생활에 잘 적응하는지를 파악하려고 하는 거라고 생각했다. 그래서 전학 온 후로 겪었던, 크게 특별하달 수 없는 몇 가지 일들을 적고 나서 교실을 나왔다.

그랬는데 며칠이 지나서였다. 그동안 얼굴을 익히면서 가끔 얘기를 나누던 아이 하나가 내게 다가와서 말했다.

"그저께 우리 말야."

"응."

"이 얘기 절대 내가 했다고 하면 안 돼."

녀석은 왠지 조금 주저주저하는 듯했다.

"알았어. 무슨 얘긴데?"

"담임이 남으래서 남았더니 최근 너하고 주고받았던 얘기들을 모두 쓰라는 거야."

"뭐라구? 그래서?"

"그래서 대충 썼지, 뭐."

"뭘 썼는데?"

"뭐, 쓸 게 있어야 말이지. 다른 애들은 어땠는지 모르지만…."

"그래, 넌 뭘 썼어?"

"별로 쓸 게 없어서 너하고 후문에서 오뎅 사 먹은 거 하고 네가 항구도시 학교 얘기한 거 하고 적었어."

"다른 애들은?"

"몰라, 다른 애들은. 하지만 걔네들도 뭐 별로 쓸 게 있었겠어?"

"그래…?"

"이 얘기 내가 했다는 거 절대 비밀이야."

녀석은 내게 다시 한번 다짐을 주었다.

"알았어."

나는 담임선생이 왜 그러는지 도무지 이해가 되지 않았다. 그런데 다시 토요일 오후였다. 담임선생은 나를 비롯한 몇 명의 아이들을 남으라고 했다. 그 중엔 내게 담임선생의 이상한 행동을 은밀히 알려준 녀석도 포함되어 있었다. 담임선생은 우리에게 백지를 나눠 주며 한껏 굳은 얼굴로 말했다.

"최근에 너희들이 주고받은 얘기들을 하나도 빠짐없이 쓰도록 해라. 서로 비교하면 거짓말하거나 숨긴 게 단번에 드러나니까 하나도 빠뜨리지 말고 있었던 그대로 써라."

담임선생의 말에 아이들은 약간 겁먹은 표정으로 서로 얼굴을 쳐다보았다. 그리고는 마침내 큰 죄라도 지은 사람처럼 고개를 처박고 뭔가를 긁적이기 시작했다. 나는 지난번과 똑같이 전학 온 지 얼마 안 되어 학교 사정도 잘 모르고 아직 친구도 사귀지 않아서 특별히 할 얘기가 없다는 식으로 썼다. 그렇지만 도무지 영문을 알 수가 없었다.

그러나 그 까닭을 곧 알게 되었다. 그것은 정말 엉뚱하고 엉터리 같은 것이었다. 지난번 담임선생 얘기를 했던 녀석이 다음 날 우리 집으로 찾아와서 말했다.

"다른 아이한테서 들은 얘긴데… 네가 담임을 8반 선생으로 바꾸려고 계획적으로 애들을 충동질했다는 거야. 처음 우리 담임했던 8반 선생 말이야."

쿠데타는 없다

모반(謀反)이란 단어를 그때 이미 나는 알고 있었다. 모반이란 국가나 군주를 반대하여 현재와 다른 체제가 되도록 일을 도모하는 하는 것을 말한다. 국어사전에도 그 비슷하게 나와 있다. 그러니까 그 아이의 말은 담임선생이 나를 모반의 주모자로 점찍었다는 것이었다.

나는 새 담임이 온 후로의 지난 이 주일을 돌이켜 보았다. 내 행동의 어떤 점이 담임선생으로 하여금 그런 오해를 불러일으키게 했는가.

그러나 아무리 곰곰이 생각해 봐도 마땅하게 떠오르는 게 없었다. 그도 그럴 것이 나는 전학 온 지 얼마 되지 않았으며 따라서 아직 속내를 나눌 만큼 깊이 사귄 친구도 없었던 것이다. 우리 반 아이들은 새로 전학 온 한 명의 새 친구가 생긴 거지만 내겐 낯선 얼굴이 무려 팔십 명이나 되었다. 그래서 그나마 얘기를 나눠 본 애들이 몇 명 되지 않았으며 나머지는 얼굴도 제대로 기억하지 못했다. 그런 상태에서 모반이라니 무슨….

그보다 떠나는 자의 기쁨을 안고 설레는 마음으로 떠나왔지만, 사실 새 학교가 신천지나 별천지는 아니었다. 오히려 익숙지 않은 건물구조나 항구도시 학교와 세부적으로 조금씩 다를 수밖에 없는 운영 시스템 같은 것들로 그냥 정신없이 우왕좌왕하고 있었을 뿐이었다.

학급 편성부터 기대했던 것과 달랐다. 그 전에 다녔던 항구도시에선 4학년까지는 남학생과 여학생이 따로 반 편성이 되어 수업을 하다가 5학년부터는 함께 수업을 했다. 그런데 새로 온 도시는 그 반대였다. 즉, 4학년 때까지는 남학생과 여학생을 한 반으로 해서 수업을 하다가 5학년부터는 따로 반 편성을 하여 수업을 하는 식으로 운영되었다. 뭐, 그렇다고 내가 악착같이 여학생들과 같은 반이 되어 수업을 하고 싶었던 것은 아니었다. 그냥 항구도시에서는 5학년부터 남학생과 여학생이 한 반이 되어 수업을 하게 돼 있으니까 이사 온 도시에서도 그랬으면 싶었을 뿐이었다. 어쨌건 그건, 이전에 경험하지 못했던 일이므로. 그러나 두 도시의 서로 다른 교육체계는 조금 혼란스러웠다. 항구도시나 이사 온 도시가 그러는 데엔 모두 나름대로의 타당성을 가지고 있을 텐데 그게 서로 다르다는 것은 이해하기 곤란했던 것이다. 다시 말해, 항구도시는 어릴 때는 남학생과 여학생이 함께 있으면 안 되지만 조금 커서는 그게 괜찮다는 것이고, 반면에 이사 온 도시는 어려서는 같이 있어도 좋지만 조금 커서는 안 된다는 것이어서 어느쪽이 교육적으로 옳은 건지 헷갈리지 않을 수 없었다. 그리고 어쨌건, 나로선 결과적으로 약간 김이 새는 기분이었다.

주산(珠算)도 그랬다. 명색이 우리나라 두 번째 도시라는 항구도시에선 학교에 다니는 동안 주판(珠板)을 구경조차 한 적이 없는데 이사 온 도시에선 대부분의 아이들이 주산을 할 줄 알았다. 나는 세 번째 도시 아이들이 주판을 꺼내 알을 튀기며 계산을 하는 것을 보며 두 번째 도시 출신으로서의 자존심이 일순에 뭉개지면서 완전히 바보가 되는 느낌이었다.

항구도시에서와 다른 것은 그 외에도 많았다. 아무튼 나는 달라진 환경에 적응하느라 내 딴엔 분주해서 새 담임선생에 대한 특별한 생각을 할 겨를조차 없었다. 그러므로 단언하건대 그 시점의 내게 모반이란 결코 있을 수 없는 일이었다.

그러나 새 담임선생이 왜 그런 생각을 했는지는 모르지만, 내가 모반의 주모자로 인식되고 있다는 사실은 억울했다. 그리고 마음이 편치 못했다. 실제로, 열 살 남짓한 나이로 그런 상태에서 마음이 아무렇지 않기란 그다지 쉬운 일이 아닐 터였다. 하지만 뭐, 두렵다거나 그렇지는 않았다. 왜냐하면, 나는 그런 오해를 받을 만큼 뒤가 당기는 데가 없는 반면, 새 담임선생의 그 행동은 어른으로서 그리고 선생으로서 조금 졸렬했다고 여겨졌던 것이다. 그래서 아버지에게도 그 일에 대해선 말하지 않을 작정이었다. 졸렬한 일을 일러바치면 똑같이 졸렬해질 것 같아서였다. 어쩜 새 담임선생도 내가 집에 가서 부모님께 일러바치지 않을 거라고 미리 내심 짐작하고 그랬을지도 몰랐다.

그보다 더욱 내가 그 모반의 혐의를 인정할 수 없는 것이, 사실이 그렇기도 하지만, 그걸 인정하면 이미 그 모반은 쿠데타가 되기 때문이었다. 그리고 쿠데타를 모의했다는 말은 혁명에 실패했다는 뜻에 다름 아니었던 것이다.

모든 건 핍박의 원인이 된다

그러나 두렵지는 않다고 하더라도 부당한 혐의를 견뎌야 한다는 것은 역시 피곤한 일이었다. 그리고 그 피곤함이야 또 어떻게든 견딘다 해도 도무지 이유를 알 수 없다는 것은 그 못지않게 뒷골을 아프게 했다.

나는 수시로 지난 이 주일 동안 내게 있었던 일들을 되새겨 보았다. 그러나 도대체 새 담임선생이 그럴 만한 일이 없었다. 조금 더 시간이 흐른 후에, 담임선생의 그런 행동의 배경을 아주 불분명하게나마 추정할 만한 몇 가지 얘기를 듣긴 했지만 그땐 정말 짚이는 게 없었다.

그렇지만, 걸고넘어지자면 모든 게 다 걸리는 게 또한

세상일 아닌가. 나는 이 주일 동안 아이들과 나누었던 대화들을 애써 복원해 보았다. 그리고 어느 순간 마음이 무거워졌다.

아이들과의 대화는 대충 이런 것들이었다. 전학 온 후로 한동안 당연히 나는 아이들에게 관심의 대상이었다. 어쨌건 나는 녀석들이 살고 있는 도시보다 더 큰 도시에서 왔고 녀석들은 그곳에 대해 궁금한 게 많았던 것이다. 그리고 나 역시 조금 특별한 존재처럼 굴었다. 한곳에서 내리 오년째 같은 학교에 다니는 녀석들에 비해 나는 다른 곳에서의 사 년이라는, 녀석들에게는 없는 자산이 있었다. 그 자산은 나를 녀석들에게 조금 특별하게도, 신비스럽게도 했다. 그랬던 만큼 나는 가급적 항구도시에 대해서, 그리고 그곳 학교에서의 일들을 약간 미화하거나 과장해서 얘기했다. 이를테면, 항구도시와 학교, 그리고 선생과 친구들에 대해서 실제 이상으로 근사하게 혹은 부풀려서 자랑했던 것이다.

"돔배기 고기 알아?"

"제사 때 쓰는 고기?"

"그래, 그게 원래 무슨 고긴 줄 알아?"

"몰라. 무슨 고긴데?"

"그건 상어고기야."

"상어고기?"

"그래, 상어고기. 그런데 여기선 귀하니까 말린 걸 쓰는 거지."

"그럼 거긴?"

"거긴 흔하니까 구태여 말릴 필요가 없지. 고기를 말리는 건 오래 보관하기 위해서야."

"너는 말리지 않은 상어고기 먹어 봤니?"

"물론."

"맛이 어때?"

"기똥차지. 그런데 이젠 잘 안 먹어."

"왜?"

"너무 질려서. 흔히 먹는 고래고기처럼."

그러면 녀석들은 일제히 나를 선망의 눈길로 쳐다보곤 했다. 또는, TV 얘기로 기를 죽이기도 했다.

"텔레비전 본 사람 있어?"

내 질문에 대답하는 사람은 한두 명도 안 되었다. 일반 가정은 물론 아직 만화방 같은 데에도 아직 TV가 보급되기 전이었다. 당시, 금성이라는 상표가 붙은 십구 인치 국산 흑백 TV 한 대 가격은 십만 원 정도로 웬만한 사람의

열 달치 봉급과 맞먹었다. 그래서 역에서 고작 1킬로미터 밖에 떨어지지 않은 비교적 부촌(富村)이랄 수 있는 내가 사는 동네에도 TV 안테나가 세워져 있는 집은 한두 곳에 불과했던 것이다. 그런 만큼 TV를 구경조차 못한 녀석들이 대부분일 것은 너무 당연했다. 아마 녀석들 중 극소수가 TV란 걸 봤다 해도 어쩌다 시내 중심가로 나갔다가 전기제품 상점 쇼 윈도우 같은 데서나 보았을 것이다.

"그런데 그곳엔 텔레비전 가진 집들이 동네마다 꽤 있어. 내 말을 못 믿겠거든 나중에 그곳으로 갈 기회가 있으면 확인해 봐. 동네마다 안테나가 세워진 집이 여럿 된다는 걸 알게 될 거야."

그러면 녀석들은 반신반의하는 얼굴을 했고, 개중에는 나를 시험하기라도 하려는 듯 어렵게 묻기도 했다.

"그럼, 너네 집에도 텔레비전 있어?"

"물론. 그런데 우리 집 껀 국산이 아냐."

"그럼 외제야?"

"응, 미제."

"미제?"

"RCA 24인치야."

"24인치? 그렇게 큰 텔레비전도 있어?"

"미국 사람들은 우리처럼 작은 텔레비전은 보지 않아."

물론 나는 집에 있는 TV가 중고에다가 밀수품이라는 소리는 하지 않았다. 항구도시에는 바다가 가깝고 외국을 오가는 배들이 많은 탓인지 중고 밀수품들이 흔했다. 그곳 사람들이 이곳 사람들보다 TV를 많이 갖고 있는 것도 두 번째 도시에서 사는 만큼 소득이 높은 사람들이 좀 더 많은 탓도 있겠지만 그런 비정상적인 물품들을 자주 접하기 때문일지도 몰랐다. 그러나 그런 얘기는 할 필요가 없었다.

아무튼, 녀석들에게 내가 떠나온 항구도시는 미지의 세계이며, 그 미지의 세계가 미화되고 과장될 때 그곳에서 온 나까지도 특별해지는 것은 당연한 일이었다. 아마 서울에서 전학 오는 녀석이 생기지 않은 한 나를 향한 녀석들의 선망의 눈길은 당분간 더 지속될 것 같았다.

"그곳은 직할시야. 그러니까 서울과 더불어 우리나라에 둘밖에 없는 특별한 도시지."

"직할시는 뭐가 다른데?"

"으음…. 뭐가 다르냐 하면, 우선 말이야. 직할시의 선생은 아무나 할 수가 없어."

"왜?"

"실력 있는 사람이 아니면 직할시에선 선생이 될 수가 없거든."

"정말?"

"여기는 시골 선생이 전근 오기도 하고 여기 선생이 시골로 전근 가기도 하잖아. 그러니까 시골 선생이나 여기 선생이나 구분이 없지. 그렇지만 그곳은 달라."

"어떻게?"

"직할시 선생들은 시골로 가지 않아. 시골 선생이 직할시로 오지도 못하고. 한 번 직할시에서 선생이 되면 계속 그곳에서만 근무한단 말이야. 그러니까 그곳에선 선생 되기가 무지 힘들고 당연히 웬만한 실력 가진 사람이 아니면 선생으로 뽑힐 수도 없잖겠어."

"여기도 직할시가 될 거라던데?"

"그런 소린 나도 들었는데 아직은 아니야. 그리고 언제 될지도 사실은 몰라. 그냥 희망사항일 뿐이지."

"그럼 직할시 아이들은 공부 되게 잘 하겠다?"

"물론이지. 그래서 거기는 일류 중학교와 고등학교가 둘씩이나 돼. 여기는 하나밖에 없지만."

"두 개씩이나?"

"그래. 공부 잘하는 애들이 많으니까 둘씩이나 되는 거지."

"일류 중학교와 고등학교가 둘씩이라고 해서 공부 잘하는 애들이 많다고 할 수는 없는 거 아냐?"

내 얘기를 듣고 있는 녀석들 중에서 제 딴엔 제법 똑똑한 척하는 녀석 하나가 이의를 제기했다.

"아냐. 일류 중학교와 고등학교가 많다는 건 그만큼 공부 잘하는 애들이 많다는 뜻이야. 내가 그 항구도시에서 살 적에 들은 얘긴데 그곳의 두 일류 고등학교에서 서울대학교에 합격한 사람이 여기 일류 고등학교의 두 배가 넘어. 인구는 여기의 두 배가 되지 않는데 말이야. 인구는 두 배가 안 되는데 서울대학교 합격자는 두 배가 넘는다는 것은 그만큼 공부 잘하는 학생이 많다는 얘기 아니겠어. 그래서 일류 중학교와 고등학교도 둘씩이나 되는 거고."

"그렇네…."

아이들은 내 설명에 입을 다물었다. 나는 결론을 내리듯 말했다.

"그 지합시는 선생이 잘 사르치니까 공부 잘하는 학생들이 많은 거야."

"맞아, 맞아."

내 말을 듣고 있던 누군가가 서둘러서 맞장구를 쳤다.

"사실 나도 그곳에 살 때는 그 때문에 고민을 많이 했어.

시(市) 이름을 딴 중학교와 도(道) 이름을 딴 중학교 중 어디를 지망해야 할지 쉽게 결정할 수 없어서 말야. 그 두 일류 중학교가 서로 막상막하였거든. 거기에 비한다면 여기는 일류 중학교가 도(道) 이름을 딴 중학교 하나밖에 없으니까 그런 고민은 안 해도 돼서 좋은 것 같아."

"너 자신 있니. 여기 일류 중학교에는?"

한 녀석이 조심스럽게 물었다.

"글쎄, 항구도시에 살 적엔 담임선생이 그쪽 일류 중학교엔 될 거라고 했으니까… 하지만 여기선 모르겠어."

"아마, 되겠지 뭐."

나는 대답을 해 놓고도 조금 머쓱했지만 질문을 했던 녀석은 뭐가 미안한지 스스로 내 대답에 아부를 보탰다.

나는 녀석들을 턱없이 조금 깔보고 있었다. 두 번째 도시와 세 번째 도시의 차이는 변두리에도 초가집이 없다는 것과 중심부 가까운 곳에도 초가집이 있다는 사실 이상으로 크다는 것을 이미 나는 알고 있었던 것이다. 그래서 항구도시에서의 삶을 아름다운 포장지로 과대포장하기를 서슴지 않았다. 그것은 지나간 시간이 추억이란 이름으로 아름다운 것처럼 떠날 때 그저 기쁘기만 했던 그 도시가 어쩜 벌써부터 아련해진 때문인지도 몰랐다.

반면, 상대적으로 녀석들은 자신이 다니고 있는 학교와 선생들에 대해 불평을 하나둘씩 늘어놓았다. 시내 중심부에서 비교적 가까이 있는 학교면서도 일류 중학교 합격률이 그다지 높지 않은 것은 학교가 입시에 대해 그다지 열성적이지 못한 탓이며 더욱 근본적인 것은 내가 말한 것처럼 선생들이 실력이 없기 때문일지도 모른다는 것이었다. 그러나 분명히 말하건대 나는 이곳 선생들이 실력이 없다고 하지 않았다. 다만, 항구도시의 선생들이 실력 있다고만 했을 뿐. 사실, 전학 온 지 얼마 안 된 내가 이곳 선생들이 실력이 있는지 없는지 알 까닭이 없었다. 그리고 항구도시의 선생들이 실력이 있다는 것도 그냥 자랑삼아 해 본 말에 불과했다. 그런데도 녀석들은 마치 대단한 발견이라도 한 양 그 말을 곧 이곳 선생들이 실력 없다는 사실과 동의어로 이해했으며 그 이해는 다시 선생들에 대한 성토로 이어졌다.

"여기 선생들은 와이로도 살 먹는다!"

한 녀석이 주위를 둘러보며 큰 비밀이라도 밝히듯 낮은 목소리로 말했다.

"맞아, 난 와이로 잘 먹는 선생이 누군지도 알고 있어."

다른 녀석이 한술 더 떴다.

"거기 선생들은 와이로 안 먹지?"

처음 와이로 이야기를 한 녀석이 신천지를 꿈꾸는 듯한 표정으로 물었다. 나는 내친 김에 항구도시를 신천지로 만들어야 했다.

"글쎄, 거긴 직할시니까….."

"직할시 선생은 와이로 안 먹어?"

"맞아, 윤규 말대로 직할시는 와이로가 필요 없어."

내가 애써 궁색한 답변을 준비하기도 전에 와이로 잘 먹는 선생을 안다는 녀석이 치고 나섰다.

"왜?"

"왜냐면 말야. 직할시 선생은 시골로 가지 않으니까."

"그게 왜?"

"응. 아까 윤규 말 듣고 생각났어. 우리 외삼촌도 몇 년 전 시골로 전근 갔거든. 그때 장학사한테 와이로를 썼으면 전근을 안 갈 수 있었대. 그러니까 장학사한테 와이로 쓰려면 선생도 와이로를 받아야지."

"그러면 시골서 이리로 오려고 해도 와이로가 필요하겠네?"

"말하나 마나. 그러니까 여기 있을 때 와이로를 모아야지."

"그럼 우리 담임선생이 와이로 받는 것도 시골로 전근가지 않기 위해서일까?"

"물론. 와이로를 쓰면 시골로 가도 여기서 가까운 데로 가고 또 금방 돌아올 수 있어."

"그런데 8반 선생은 절대로 와이로 안 받는다던데?"

"그 선생은 와이로 주면 되레 화낼 걸? 하지만 그런 선생은 몇 안 되잖아?"

8반 선생은 처음 일주일간 우리를 담임했던 선생이었다. 녀석들은 5학년에 올라오기까지 지난 사 년 동안 새 담임선생과 8반 선생을 비롯한 여러 선생들을 경험했던 모양이었다. 그리고 그 과정을 통해 선생들에 대한 나름대로의 평가도 가지고 있는 듯했다.

"8반 선생이 그냥 우리 담임을 했으면 좋았을 텐데…."

"그러게 말이야."

"실력도 8반 선생이 훨씬 나은데 말야."

8반 선생에 대한 녀석들의 호감은 상당한 것 같았다. 그 이유가 무엇이든 한 번 좋게 인식되면 사실에 관계없이 계속 좋은 사람으로 믿어버리는 게 아이들의 속성이었다. 새 담임선생처럼 반대의 경우엔 또 그대로.

그런데 문제는 녀석들의 그런 얘기가 항구도시 선생들에 대한 내 얘기 끝에 나왔다는 사실이었다. 그래서 자칫하면 마치 내가 그런 얘기를 한 것으로 오인될 수도 있었다. 즉, 녀석들의 얘기가 내가 한 얘기가 될 수도 있었던 것이다. 아니면, 최소한 내가 유도한 것으로라도. 실제로 나는 이곳 선생들에 대해서 하나 아는 바가 없는데도 말이다.

그리고 또 하나. 전달 과정에서 부정확해진 점은 별도로 하고서라도, 녀석들과 얘기 나눈 대화의 내용이 어떤 식으로든 새 담임선생에게 흘러들어갔다는 사실이었다. 그건 적어도 녀석들 중의 누군가가 새 담임선생과 어떤 식으로든 끈이 닿고 있다는 증거였다.

하지만 그게 뭐 대순가. 그런 얘긴 5학년 아이들로선 얼마든지 할 수 있는 얘기였던 것이다. 그러므로 누가 그런 얘길 전했든 새 담임선생으로선 그냥 웃어넘기면 아무것도 아닌 일이었다. 그런데도 그걸 가지고 아이들을 모아 종이를 나눠 주고 자백을 하라는 식의 행동을 한 것은 정말이지 어른스럽지 못했다. 그러나 새 담임선생이 어른스럽지 못한 것이 엄연한 현실이라면, 그럴 때 나는 피곤해질 수밖에 없었다.

더욱이, 내가 담임선생을 교체하려고 한 주모자로 오인받고 있다는 사실을 한 녀석이 내게 비밀이라면서 알려주었지만 그것은 이미 반 아이들 전체에게 기정사실로 되고 있었다. 나한테 말한 녀석 말고도 다른 녀석이 아이들에게 얘기했을 수도 있으니까.

그렇지만 나 자신, 말할 수 없이 곤혹스러운 한편으로 깨닫고 있었다. 아이들에게 그 일이 기정사실로 받아들여진다는 것은 그만큼 실제로 아이들이 그것을 원하고 있기 때문이라는 것을.

나는 아이들의 새 담임선생에 대한 비판적인 시각이 아주 근거가 없는 건 아니라는 생각이 들었다. 그리고 아이들이 새 담임선생을 경원하는 태도를 보이는 데에도 일리가 있다고 느껴졌다. 생각해 보니, 얼마 전에 있었던 반장 선거만 해도 그랬다.

반장선거

반장선거는 새 담임선생이 오고 이삼 일 뒤엔가 실시되었다. 8반 선생이 우리 반 담임을 하던 일주일 동안 반장선거를 하지 않았던 것이다. 그러고 보면 그 일주일 동안, 담임이 바뀌는 일과 관련하여 8반 선생과 새 담임선생 사이에 무슨 얘기가 있었던 건 아닌지 모르겠다.

아무튼, 새 담임선생이 오고 이삼 일 뒤 반장선거가 실시되었다. 그런데 반장선거는, 돌이켜 생각해 보니 그 진행이 조금 이상했다. 새 담임선생이 실시한 반장선거는 그 진행과정이 전혀 진지하지 않았던 것이다.

아침에 교실로 들어와서 새 담임선생은 여러 가지 전달

사항을 얘기한 후 마치 지나가는 투로 가볍게 반장선거를 하겠다고 말하고 나서 아이들에게 작년에 반장이나 부반장을 했던 사람이 있느냐고 물었다. 그러자 아이들이 주위를 두리번거리며 머뭇거렸고 그 중의 하나가 주춤주춤하면서 은기의 이름을 댔다. 그 태도로 봐서 나는 왠지 은기라는 아이가 다른 아이들로부터 그다지 호감을 받고 있지는 못한 것 같다는 느낌을 받았다. 새 담임선생은 은기의 이름을 칠판에 적었다.

"또, 추천할 사람?"

이번에도 아이들은 쭈뼛거리며 서로 주위를 둘러보았다. 그러자 새 담임선생은 아이들에게 별로 시간을 주지도 않고

"원순이, 한번 해 보지?"

하고는 원순이라는 아이가 미처 의사를 표시할 사이도 없이 일방적으로 녀석의 이름을 은기 이름 옆에 적었다. 아이들 사이에선 약간 수군대는 소리가 일었다. 그때, 한 아이가

"선생님, 윤규도 전에 다니던 학교에서 부반장 했다던데요?"

하며 내 이름을 들먹였다. 새 담임선생이 조금 당황스런

표정을 지으며

"으응, 윤규…? 그런데 윤규는 아직 우리 학교 사정에 익숙하지 못하니 다음 기회에 하도록 하고… 그냥 두 사람으로 결정하도록 하지, 뭐"

하더니 서둘러 그 두 명으로 반장 후보 추천을 마감해 버렸다. 마치 별로 중요한 게 아니니까 아무나 뽑으면 어떠냐는 투로.

나는 새 담임선생의 태도가 조금 의아했지만 별로 개의치 않았다. 항구도시에서 학교 다닐 때 부반장을 했던 것도 어쩌다 된 것이었지 내가 굳이 원했던 게 아니었다. 그리고 새 담임선생 말대로 새로 전학 온 도시에서 아이들도 제대로 모르는 상태에서 반장이나 부반장을 할 수 있을 것이라곤 생각지 않았다. 그렇지만 새 담임선생의 태도가 조금 이상하게 느껴진 건 사실이었다.

투표 결과는 은기의 압승이었다. 팔십 명 가량 되는 표들 중에서 은기를 찍은 표는 칠십 표를 넘었고 반면 원순이가 얻은 표는 열 표도 안 됐다.

나는 은기가 반장 후보로 추천될 때 머뭇거렸던 아이들의 태도에 비해 표가 많이 나온 게 조금 의외였고 반면, 원순이가 지나치게 표를 적게 얻은 사실이 약간 안 돼 보였다. 어쨌든 두 명만 놓고 한 투표에서 은기가 반장이 되고 원순이가 부반장이 되었다.

나는 반장선거가 있고 며칠이 지나는 동안 점차 반 분위기를 감지할 수 있게 되었다. 그것은 우선, 아이들에게 은기가 무시할 수 없는 존재라는 사실이었다. 내가 보기에 아이들이 은기를 좋아하는 것 같지는 않았다. 그렇지만 아이들로선 좋아하지 않더라도, 반장으로 뽑지 않을 수 없을 만큼 은기는 막강한 존재로 군림하고 있었다. 그것은 짐작컨대, 은기가 4학년을 마칠 때까지 어떤 반에서든 줄곧 반장을 해 왔고 공부도 잘했기 때문이었을 것이다. 시골에서도 사정은 비슷하겠지만, 도시 초등학교의 반장이란 공부 잘하는 학생을 제외하곤 생각하기 어려운 일이었다.

은기는 내가 전학 온 지 이삼 일 뒤엔가 처음 보았다. 무슨 일이 있었는지 방학 때 시골에 갔다가 개학하고 좀 지나서 등교를 했던 것이다. 은기는 보기 좋을 정도로 살이 찌고 희멀건 얼굴에 옷매무새도 좋았다(나중에 알게 된 바로는 별로 부자가 아니었지만). 그래서 아이들 사이에서 쉽게 눈에 띄었다. 그리고 성격이 거침없고 행동도 활달했다. 그렇지만 그런 성격이나 행동이 너무 두드러져 조금 거칠게도 느껴졌다. 그만큼 자신감이 넘쳐 보였던 것이다.

생각되기로, 그 은기에 대해선 아이들뿐만 아니라 새 담임선생도 함부로 할 수 없는 것 같았다. 그래서 반장선거만 해도 은기가 반장이 되는 것은 어쩔 수 없어 하는 듯했다. 아마 원순이를 반장으로 했다간 은기의 등쌀에 견뎌나지 못할 것이란 걸 새 담임선생도 잘 알고 있었는지도 몰랐다. 대신, 새 담임선생이 염두에 둔 건 원순이란 녀석을 부반장으로 만드는 일이었다. 내게도 그런 낌새가 어렴풋이 느껴졌지만 다른 아이들에게도 마찬가지였을 것이다.

사실, 원순이가 부반장이라는 데엔 조금 웃음이 나왔다. 원순이는 이름처럼 주근깨가 가득한 동그란 얼굴이 원숭이를 많이 닮아서 별명도 몽키였다. 나는 그 녀석이 공부를 잘하는지 어떤지는 알지 못했지만 그 외모부터가 너무 코믹해서 전혀 부반장감으로 생각되지는 않았다. 부반장을 하기에 앞서 얼굴만으로도 아이들의 놀림감이 될 게 뻔했기 때문이었다. 그보다 다른 아이들 중에서도 부반장을 할 만한 아이들이 몇 명 있어 보여 원순이가 부반장이 된 건 어쨌든 자연스럽지 못했다.

하지만 맹세컨대, 나는 반장선거에 대해 그 후로도 아이들에게 단 한 마디도 내 의견을 말한 적이 없었다. 나는 성격이 비교적 내성적인 편이어서 남을 리드하는 체질이 아니었고 혼자 뭔가 하기를 좋아했다. 그러나 아이들은 반장선거에 대해 할 말이 없지는 않은 듯했다. 그렇지만 그건 그 아이들 문제였다.

아무튼, 그럼에도 불구하고 내가 새 담임선생으로부터 부당한 혐의를 받고 있다는 사실은 억울했고 그 억울함을 견뎌야 한다는 게 나는 피곤했다. 그럴 때 은기는 내게 하나의 해답이었다. 그러나 그 해답의 진정한 의미를 제대로 깨달을 때까지는 나는 새 담임선생과의 그 피곤한 신경전을 벌여 나가야 했다.

과외 선생 찾아 ○○리

나는 ≪엄마 찾아 삼만리≫라는 영화를 항구도시에 살 적에 보았다. 그리고 ≪전설 따라 삼천리≫란 라디오 드라마는 새로 전학 온 후로도 계속 듣고 있었다. 그런데 그런 제목 비슷한 일이 내게 일어났다. 이름 하여 〈과외 선생 찾아 ○○리〉.

새로 전학 온 학교에서 새 학기를 시작하면서 어머니가 내게 물었다.

"과외공부를 해야지?"

항구도시에 살 적에도 2학년 때부턴가 과외를 했었다. 2학년 때는 이웃 대학생에게서 몇 달 과외를 한 적이 있고

3학년 때에도 맹장수술로 한 달여 입원했던 탓에 담임선생에게 특별히 한동안 혼자 따로 공부를 배웠다. 그러다가 4학년에 올라와서는 다른 아이들과 일 년 내내 담임선생한테서 과외를 했다. 과외비는 일금 오백 원.

그랬으므로 고학년인 5학년이 된 만큼 과외를 해야 하는 건 당연했다. 특히 부모님 생각엔. 그렇지만 학교와 아이들에 대한 분위기가 아직 낯설어서 과외에 대한 정보가 부족했다. 물론, 5학년쯤 되었으니까 우리 반 새 담임선생(이젠 그냥 담임선생이라고 하자)도 과외를 할지도 몰랐다. 하지만, 나를 모반의 주모자로 몰고 있는 담임선생에게 과외를 할 수는 없었다. 그래서 대답했다.

"당분간 혼자서 공부해 보구."

"다른 애들은 어떡한대?"

"몰라."

"담임선생님은 과외 안 해?"

"그런 말 못 들었어."

"한번 다른 아이들한테 알아보지?"

"됐어. 그냥 나 혼자 할게."

그러나 초등학교 5학년 아이가 혼자 공부를 하겠다는 말은 공부를 안 하겠다는 말과 동의어였다. 초등학교 5학년 아이가 혼자서 열심히 공부해야 할 일이 뭐 있겠는가. 당연히 첫 달 시험에서 내 성적은 별로 신통찮았다. 아, 항구도시에서 잘 나갔다는 내 자랑이 거짓말이 되는 동시에 우리나라 두 번째 도시의 학업 수준에 대한 신뢰도가 세 번째 도시에서 형편없이 구겨지는 순간이었다. 그런데도 나는 혼자 공부하겠다고 우겼다.

그러자 어머니는 생각 끝에 나를 둘째이모부에게로 보내기로 했다. 참고로 내겐 세 분의 이모부가 계신다. 네 명의 여형제 중에서 셋째인 어머니의 큰언니의 부군되시는 큰이모부는 서울에 살고 계시고 나머지 두 분의 이모부는 새로 이사 온 바로 이 도시에 살고 계셨다. 그러나 서울 사시는 큰이모부와 달리 나머지 두 이모부는 내가 이곳에 이사 와서 처음 뵈었다.

그 두 이모부에 대해서 조금 소개를 해야겠다. 우선, 이야기의 성격상 막내이모부부터 소개하기로 한다. 어머니의 하나뿐인 동생의 남편인 이 막내이모부는 탁월한 능력을 가진 분이었다. 그 탁월한 능력이란 모름지기 사내라면 한번쯤 배워둘 만한 것인데, 뭐냐 하면 아내 몰래 바람피우는 데 타의 추종을 불허하는 귀재를 말하는 것이다.

막내이모는 어머니의 여형제 중 가장 얌체 같은 성격이었지만 가장 예쁘기도 했다. 막내이모의 성격에 대해선 외할머니로부터 들은 것이고 외모는 직접 내 눈으로 확인한 거니까 더 말할 필요가 없을 것이다. 아무튼 그래서인지 막내이모는 꽤 괜찮은 남자와 결혼을 했다. 그 남자는 이 도시에서 최고라는 중고등학교를 졸업한 사람이었다. 말하자면, 장차 내가 지망하여 기필코 합격하여야 할 학교인데 그 학교가 얼마나 대단한가 하면 그 학교를 졸업한 사람들은 오랫동안 정부 요직과 사회의 중요한 자리를 독차지했으며 나중에는 대통령이 된 사람도 있었다. 특히 막내이모가 결혼한 남자 즉, 막내이모부는 나중에 대통령이 된 사람과 같은 해에 입학하여 오 년간이나 같이 학교를 다니다가 같은 해에 졸업했다.

그런데 막내이모부는 무슨 이유에서인지 당시 친구들 사이에선 드물게 대학에 진학하지 않았으며 졸업 후로 사회적으로도 별로 성공하지 못한 채 그저 평범한 회사원으로 살고 있었다. 그렇지만, 세칭 전국적인 수재가 공부하는 학교를 다닌 만큼 특출한 점이 전혀 없을 순 없었다. 그 특출한 점이란 바로 막내이모 몰래 바람피우는 일이었다. 그리고 그 일이 특출하다고 말할 수 있는 것은 그 일에 대한 막내이모부의 관리가 워낙 치밀하고 출중했기 때문이었다.

막내이모부는 결혼한 지 십 년이 넘도록 줄곧 바람을 피워오고 있었는데 그 불같고 여우 같은 막내이모에게 한 번도 꼬리를 밟힌 일이 없었다. 막내이모는 회사에서 퇴근하는 남편을 미행하는 등 온갖 방법을 다 동원했지만 외도의 증거를 잡는 데는 끝내 실패했다. 그리고 그 실패는 오랜 세월을 두고 계속 이어졌고 막내이모부는 평생에 걸쳐 두 집 살림을 했다. 나는 성인이 된 후로 오늘에 이르도록 막내이모부를 생각하면 존경의 염을 금할 수가 없었다. 역시 수재들이 다닌 학교를 졸업한 사람은 어디가 달라도 다른 법이었다.

한편, 둘째이모부는 초등학교 선생이었다. 그리고 어떤 의미에서 '정말 선생'이었다. 그러나 '정말 선생'이란 말이 둘째이모에게는 무능을 뜻했다. 왜냐하면, 당시 초등학교 선생 봉급이란 게 뻔했고 자식들은 많았으므로 생활이 넉넉할 수 없었을 테니까. 그보다 둘째이모부는 주변머리라곤 눈곱만큼도 없는 위인이라는 식의 핀잔을 둘째이모가 입에 달고 살 정도로 고지식한 데가 있는 분이었다. 내가 둘째이모부를 '정말 선생'이라고 한 건 그런 의미였다. 선생은 자고로 그런 데가 있어야 하니까.

이런 두 이모부를 두고 아버지는 기고만장했다. 그래서 외할머니가 오실 때면 턱도 없이 큰소리를 쳤다.

"장모요. 사위는 이 셋째가 최고 아닙니까. 하나는 등신이고 하나는 바람둥이고…."

그러나 뒷날 생각하면 아버지의 이런 기고만장은 참으로 부질없는 것이었다.

우선 아버지는 막내이모부처럼 일류 학교 출신이 아니어서인지 바람을 피워도 꼭 들켰다. 그것도 막내이모와 달리 착하다 못해 어리숙하기까지 한 어머니에게. 그리고 굵게 살다가 사업에 실패하고 짧은 생을 마감하면서 겨우 전셋값 정도를 가족에게 남겼지만 둘째이모부는 정년을 할 때 퇴직금이 웬만한 집 두 채 값 정도는 됐다.

아무튼, 그건 나중의 일이고 일단 나는 어머니에 의해 둘째이모부에게 보내졌다.

그러나 둘째이모부는 어떤 의미로든 '정말 선생'이었다. 어머니는 나를 둘째이모부에게 보내면서 형부가 초등학교 선생이니까 과외지도를 잘 해 주기를 바랐을 것이다. 하지만, 둘째이모부는 '정말 선생'이었다. 물론 그 '정말 선생'

은 둘째이모나 어머니가 바라는 '정말 선생'은 아니었다. 둘째이모부가 그런 '정말 선생'이었다면 그동안에도 과외라도 해서 어려운 살림에 보탰을 테니까. 그렇지만 둘째이모부는 바로 내가 생각하는 '정말 선생'이었다.

나는 밤마다 가방을 들고 집에서 꽤 떨어진 초라한 동네에 있는 둘째이모집으로 갔다. 그렇지만 그렇게 이 주일가량 둘째이모집을 드나드는 동안 둘째이모부는 내게 어떤 교과서적 지식도 보태 주지 않았다. 말하자면, 통상적으로 우리가 생각하는 공부를 가르쳐 주지 않았던 것이다. 둘째이모부가 내게 해 준 것은 종두법을 발견한 제너 이야기였다. 자연책 처음에 제너에 대해서 간략하게 나오는데 둘째이모부는 처음 일주일 내내 그 얘기만 했다. 제너가 실패를 거듭하며 연구와 실험에 몰두하다가 마침내 종두법을 발견에 성공하게 되는 과정과 그것을 통해 천연두를 예방하게 된 일들에 대해 소상히 얘기를 하다 보니 둘째이모부로선 다른 것을 가르칠 겨를이 없었는지도 몰랐다. 그렇지만 둘째이모부는 제너 이야기를 끝낸 다음 주에는 또 다른 얘기로 일주일을 끌었다.

둘째이모부로부터의 과외를 그만두게 한 것은 다름 아닌 둘째이모였다. 무능한 '정말 선생' 남편 때문에 조카 공부 망친다는 것이었다. 그러나 나는 내 의사와 관계없이 과외를 그만두면서도 둘째이모부가 '정말 선생'이라는 생각을 했다.

　그 다음에 내가 과외를 하게 된 것은 이웃에 있는 대학생에게서였다. 어머니가 이웃에 수소문해서 알아낸 대학생이었다. 그 대학생에게선 한 달을 배웠다. 한 달 만에 과외를 그만둔 것은 내 의사에 의해서였다. 대학생은 성의가 없고 나는 재미가 없었던 것이다. 그 대학생은 가르쳐야 할 사람이 나 혼자라서 그런지 별로 열심이지가 않았다. 나 혼자 전과를 읽고 또 나 혼자 문제집을 풀었다. 그 대학생이 하는 것이라곤 어쩌다 내가 한두 문제 틀리면 봐 주는 정도였는데 실상 그것은 내가 해답을 봐도 알 수 있는 것이었다. 그런 식이라면 집에서 나 혼자 공부하는 것과 다를 바가 없었다. 그리고 그 대학생 앞에서 혼자 공부하는 게 지겨웠고 자연 재미가 없었다.

　나는 다시 과외공부 할 곳을 물색해야 했다. 가급적이면 여럿이 모여 재밌게 공부할 수 있는 곳으로. 이때는 새 학교에서 생활하기 시작한 지 두 달 가까이 지난 터라 어느 정도 반 분위기에 익숙해져 있었고 아이들의 동향에 대해서도 웬만큼 파악하고 있었다. 나는 적당한 과외공부 팀 하나를 발견했다.

내가 파악한 바로, 우리 반 아이들 사이에선 대략 세 개의 과외공부 팀이 운영되고 있었다. 내가 우리 반 아이들이라고 하는 것은 팔십 명 중에서 대략 스무 명 가까운 숫자를 뜻한다. 사실 나머지 아이들은 담임선생도 그랬겠지만, 우리들의 관심 밖이었고 서로 이야기도 잘 하지 않았다. 이 말은 스무 명이 채 안 되는 아이들만이 세칭 일류 중학교와 그에 근접한 수준의 중학교를 넘보는 아이들이었고 나머지는 중간급이나 그 이하의 중학교를 가든가 아니면 아예 초등학교를 끝으로 더 이상 공부를 하지 않을 아이들이었다. 따라서 담임선생의 관심도 그 스무 명이 채 안 되는 숫자에 국한되었고 그 아이들 역시 다른 아이들과는 별로 어울리지 않았다.

그러나 세 개의 팀이라고 했지만 실상 한 팀은 정상적인 팀이라고 하기 어려웠다. 바로 반장인 은기의 팀이었다. 은기는 시내의 다른 초등학교 선생인 자기 외삼촌한테서 과외를 하고 있었는데 우리 반에서 함께 공부하는 아이는 아무도 없었다. 그쪽 멤버는 은기 외삼촌의 아들이자 다른 반에 있는 외사촌과 그 친구들 몇 명이었다. 은기는 자기 외삼촌의 실력이 상당하며 그 팀이 우수하다는 걸 은근히 과시하면서도 우리 반 아이들을 끼울 생각은 처음부터 전혀 없었던 것처럼 행동했다. 마치 우리 반 아이들은 수준이 떨어져 같이 안 논다는 식이었다. 녀석이 반장에다가 5학년이 될 때까지 자주 1등을 했으므로 그런 오만은 아이들에게 자연스럽게 받아들여지는 것으로 보였다.

그 다음은 담임선생의 과외 팀이었다. 담임선생의 과외 팀이 언제 어떻게 구성되었는지 나는 잘 알지 못했다. 아마, 담임선생이 새로 우리 반을 맡고 얼마 안 되어서부터 아이들을 모은 것 같은데 아무도 내게 그 얘기를 해 준 녀석이 없었다. 처음엔 전학 온 내가 낯설어서 그랬을 테지만 나중에는 담임선생으로부터 이상한 혐의를 받고 있는 걸 알고 더욱 그랬을지도 몰랐다.

마지막으로 고등학교에 다니는 누나가 가르친다는 준영이 팀이었다. 준영이는 전학 온 후로 나와 가장 가까운 아이였다. 다른 아이들보다 준영이와 먼저 가깝게 된 것은 그 아이가 그림을 잘 그렸기 때문이었다. 나 역시 그림을 조금 그리는 편이었는데 내가 보기에 준영이는 나보다 훨씬 그림 실력이 좋았다. 게다가 그 아이는 여자처럼 얌전했고 성격도 퍽 내성적이었다. 그런 점이 나로 하여금 그 아이에게 호감을 가지게 했다.

준영이는 공부를 썩 잘하는 아이는 아니었다. 5등에서 10등 사이를 했는데 그 정도로 공부를 잘한다고 할 수는 없었다. 그리고 준영이와 함께 과외공부를 하는 아이들 역시 비슷한 수준이었다. 그러므로 그 팀은 공부를 잘하는 팀은 아니었다.

나는 잠시 생각한 끝에 세 팀 중에서 준영이 팀으로 들어가기로 마음을 정했다. 왜냐하면, 사실 달리 선택의 여지가 없었던 것이다. 우선 은기는 다른 아이들뿐만 아니라 나에게까지도 자기 팀에 들어오라는 말을 하지 않았었다. 물론, 내가 먼저 말을 꺼낼 수도 있었지만 그러기는 싫었고, 아마도 은기도 내켜하지 않을 것 같았다. 은기와는 친하면서도 기본적으로 알 수 없는 거리감 같은 게 느껴졌다. 그리고 담임선생 팀은 내 쪽에서 들어갈 수가 없었던 것이다. 그럴 경우, 남는 건 준영이 팀뿐이었다. 나는 준영이가 내 제의를 거절하리라고는 생각지 않았다.

"누나한테 물어 볼게. 그리고 아이들한테도….."

뜻밖에 준영이의 대답은 선선하지가 않았다. 내가 들어가겠다면 그동안 가까웠던 사이로 미루어 쌍수를 들고 환영할 줄 알았다. 그런데 누나한테, 그리고 아이들한테 물어 보겠다니.

대개 과외를 하는 아이들은 자기보다 공부를 잘하는 아이가 새로 팀에 들어오는 것을 싫어하는 편이었다. 공부로 말하자면, 준영이 팀의 어떤 누구보다 내가 잘했다. 그러나 그것 때문에 준영이가 머뭇거리지는 않았을 것이다. 그 아이와는 친했고, 또 공부로는 어차피 내 상대가 아니었다. 그럼 왜 그러는 걸까.

준희누나

며칠 뒤 준영이가 우리 집으로 놀러왔다가 금방 자기 집에 가자고 했다. 자기 누나가 보잔다는 것이었다. 아마 토요일 오후였을 것이다. 그날은 과외가 없는 날이었다.

"어쩌지? 나 어제로 애들 가르치는 거 그만뒀는데?"

준영이의 집으로 갔을 때 그 아이의 막내누나인 준희누나가 나를 넓은 마당을 두고 조용한 뒤꼍으로 데리고 간 후 몹시 미안한 듯이 말했다. 그래서 준영이가 처음에 그렇게 머뭇거렸던 걸까.

"고2 올라오니까 내 공부 하느라 아무래도 애들 가르치기가 힘들어서…. 어차피 며칠 뒤에 그만둘 거라서 너한테

오란 소리 못 했던 거야."

준희누나는 두 손을 뒤로 하고 담벼락에 기댄 채 가만히 내 표정을 살폈다. 학교에서 방금 돌아왔는지 단정한 교복 차림의 준희누나는 상큼하고 예뻤다. 그동안 일요일 같은 때 몇 번 놀러 와서 준희누나와는 낯이 익었다. 언젠가 준희누나는 내게 어떻게 공부를 하고 있는지 묻기도 했다. 그때 나는 이웃 대학생한테서 공부를 배우고 있었는데 거길 그만두고 준희누나한테로 오고 싶다는 말을 차마 하지 못했다. 그런데 애써 그게 가능한 상황이 되자 가르치는 걸 그만두게 되었다니.

"그런데 전… 여기서 공부하려고 전에 공부하던 데 그만 뒀거든요."

"어머, 정말 그랬어?"

준희누나는 놀라는 한편으로 난감한 얼굴이 되었다. 나는 나 때문에 준희누나가 곤란해진 게 되레 미안하고 마음이 무거웠다. 하지만, 그런 마음을 이겨내야 한다고 순간적으로 생각했다. 친동생인 준영이는 제외하고라도, 광호 등 다른 아이들이 준희누나에게 두 달 가까이 공부를 배웠다는 사실이 나로 하여금 그런 생각을 가능하게 했다. 그 아이들이 준희누나에게 공부 배우며 함께 지내는 동안 맛보았던 즐거움을 나도 포기하고 싶지 않았으며 지금 마음이 약해지면 그럴 기회는 영영 오지 않을 것 같았던 것이다.

"그럼 어쩌지?"

준희누나는 어떻게든 해결책을 찾으려는지 깊은 생각에 잠기는 듯했다. 나는 준희누나가 아무도 없는 곳으로 나를 따로 데려와 진지하게 의논을 해 주는 게 몹시 흐뭇했다.

"그럼 이렇게 하면 안 돼요?"

"어떻게?"

"누나가 풀라는 문제를 제가 매일 풀어 놓을 게요. 학교 마치고 집에 가는 길에 잠시 들러 틀린 것만 가르쳐 주세요. 그러면 시간이 얼마 걸리지 않을 거예요. 한 달만요."

"한 달?"

"예, 한 달만요. 저 혼자면 시간도 많이 걸리지 않을 거예요."

준희누나는 잠시 생각하는 듯하더니 이윽고 고개를 끄덕였다.

"좋아, 그러면 딱 한 달만."

그렇게 해서 준희누나와의 과외가 시작되었다.

다음날부터 준희누나는 학교를 마치자마자 곧장 우리 집으로 왔다. 그리고 내가 학교서 배운 내용의 문제를 전날 밤 풀어 놓으면 그것을 점검했다. 그렇지만 그건 거의 무의미한 일이었다. 왜냐하면, 틀린 문제가 거의 없었기 때문이었다. 그렇다고 일부러 한두 문제씩 틀릴 수도 없는 노릇이었다. 그러나 어쨌건 준희누나는 한 달 동안 나를 가르치기로 했고, 그래서 학교진도보다 앞서 나가기로 했다. 준희누나는 학교에서 아직 배우지 않은 부분에 대해 내게 먼저 설명을 하고 그날 저녁에 내가 문제를 풀어 놓으면 다음 날 확인하는 식으로 나를 가르쳤다. 그래도 그건 시간이 별로 걸리지 않았다. 팔십 명을 가르치는 것보다 다섯 명을 가르치는 게, 다섯 명을 가르치는 것보다는 한 명을 가르치는 게 진도가 훨씬 빠를 수밖에 없었으니까. 그리고 그 한 명이 비교적 총명한 아이였으니까.

어머니도 준희누나가 썩 마음에 드는 듯했다. 그래서 준희누나가 가고 나면 준희누나를 두고 '참 참하네'란 칭찬을 아끼지 않았다. 어머니가 그럴 정도면 나는 말할 필요도 없었다.

준희누나가 내게 공부 가르치는 시간은 한 시간 남짓했다. 뭐, 그 정도로도 충분했다. 나는 준희누나와 내방에서

둘만이 앉아 있는 그 한 시간 남짓한 시간이 너무 행복했다. 그래서 예정한 한 달이 꼬치에서 곶감 빼먹듯 하루하루 빠져나가는 게 초조할 정도로 아까웠다.

준희누나는 나와 정서적으로 상당히 맞았다. 여러모로 공통점이 많았던 것이다. 준희누나에게 공부를 배우는 중에도 일요일 같은 때엔 준영이에게 놀러갔는데 준희누나 방에는 시화(詩畵)가 많이 걸려 있었다. 준희누나는 준영이처럼 그림도 잘 그렸고 시도 좋아하는 것 같았다. 또, 노래를 잘 부르는 것 같지는 않았지만 아는 노래는 많은 듯했다. 그래선지 어느 날 내가 한창 유행하고 있는 〈가슴 아프게〉란 노래를 부르자 〈낙엽 따라 가 버린 사랑〉이란 노래를 가르쳐 주었다. 외국곡인데 가사만 한국말로 붙인 거라면서.

나는 공부를 마치면 자주 준희누나를 집 근처까지 바래다주곤 했다. 더러는 준희누나와 함께 들어가기도 했지만 그러면 거기서 저녁을 먹어야 했으므로 그냥 집 근처에서 돌아설 때가 많았다.

예정했던 한 달이 다 돼 갈 무렵, 집으로 가는 길에 준희누나가 말했다.

"너 참 괜찮은 아이다."

"예?"

나는 준희누나가 무슨 말을 하나 싶었다.

"너 크면 참 괜찮은 사람이 될 거 같아."

나는 공연히 조금 쑥스러워져다. 그렇지만 준희누나 말대로 나는 그런 사람이 되고 싶었다. 구체적으로 어떤 사람인지는 잘 모르겠지만, 아무튼 괜찮은.

"준영이도 괜찮은 애예요."

"그래, 준영이도 괜찮은 애야. 그렇지만 너무 여자아이 같아서…."

준희누나가 무슨 생각을 하는지 혼잣말처럼 중얼거렸다.

사실이 그랬다. 준영이는 나와 닮은 점이 많았지만 너무 얌전해서 별명이 계집애였다. 나도 더러 내성적이긴 해도 그 정도는 아니었다.

드디어 아, 기다리지 않고 기다리지 않던 마지막 날이 왔다. 나는 한 달 수업료에다가 따로 준희누나에게 원피스 한 벌을 선물했다. 그 원피스로 말하자면, 여고생이 입을 옷으로는 꽤 고급이랄 수 있었다. 왜냐하면, 그 옷은 동네에서 가장 괜찮은 양장점에서 맞춘 것이었기 때문이다. 그 괜찮은 양장점은 바로 우리 집에 있는 양장점이었다. 아버지는 이사 온 후로 길 쪽에 건물을 지었는데 그 건물이 동네에서 최초의 현대식 건물이었다. 내가 이사 올 때 동네 길가엔 초가집도 두 채나 있었으며 가게래야 재래식 가게뿐이었다. 우리 집도 안채와 별도로 길가에 재래식 가게들이 있었는데 아버지는 그것을 헐고 새로 건물을 지었다. 새 건물은 시멘트로 지은 것으로 표면에 타일을 붙여서 보기에 근사했다. 그 건물의 가게 중하나가 양장점이었다. 새 건물에서 개업한 양장점이었던만큼 옷도 동네의 다른 허름한 양장점의 것들과는 조금 달라 보였다. 나는 쇼 윈도우 마네킹이 입고 있는 원피스를 눈여겨 봐 두었다가 준희누나에게 선물하자고 어머니에게 부탁을 했다. 어머니는 쾌히 승낙을 했다. 연둣빛 바탕에 그보다 짙은 빛깔의 물무늬가 아롱진 원피스는 준희누나가 입으면 정말 예쁠 거라는 생각이 들 정도로 마음에 들었다.

내가 원피스를 선물했을 때 준희누나의 당혹스러워 하는 한편으로 기뻐하던 표정을 나는 잊을 수가 없었다. 그때 나는 깨달았다. 마음을 전달하는 데엔 물질적인 것, 즉 선물이 최고라는 것을. 그리고 선물이란 때로 받는 사람 못지않게, 아니 그 이상으로 주는 사람에게도 기쁨이 될 수 있는 것임을.

그리고 핍박은 계속된다

준희누나가 날 괜찮은 아이라고 한 것은, 잘은 모르지만, 내가 자질구레한 여러 가지 재주가 있었기 때문이 아닌가 싶다. 그랬다. 나는 큰 재주는 아니지만 작은 재주 몇 개는 가지고 있어서 썩 잘난 아이는 아니더라도 고만고만한 아이 정도로는 평가되곤 했던 것이다.

내 자질구레한 재주란 것은 이를테면, 글짓기라든가 그림 그리기, 또는 노래 부르기 같은 것들이었다. 나는 축구같은 운동엔 비교적 흥미가 적어서 직접 공을 차기보다는 보는 것을 좋아한 반면 작문과 그림, 그리고 노래 쪽은 가리지 않고 좋아하는 편이었다.

그런데 학년 초부터 시작된 담임선생과의 갈등은 내 그런 자질구레한 재주에도 상처를 주었다. 말하자면, 담임선생의 핍박은 개학 초는 물론 그로부터 두어 달이 지난, 준희누나에게 공부 배울 때까지도 여전히 계속되었던 것이다.

항구도시에 살 적에 나는 그림 그리기와 글짓기로 여러 번 상을 받았다. 내가 그림 그리기와 글짓기에 어떤 재능이 있었는지 어쨌는지는 모르겠다. 다만, 작문과 미술을 다른 과목보다 더 좋아했던 것은 사실이었고 대개 공부 잘하는 아이들이 다른 것도 비교적 낫게 하듯이, 대회에 나가면 이런 저런 상을 다른 공부 잘하는 친구들과 번갈아가며 타 왔던 것이다.

그러나 일찍부터 나는 나를 알았다. 나는 그림을 잘 그렸다. 그것은 사실이었다. 그렇지만 내가 그림을 잘 그린다는 것은 보통아이들에 비교해서 그렇다는 말이다. 즉, 나는 보통아이들보다 그림을 잘 그렸을 뿐이지 정말 잘 그리지는 않았다. 정말 그림을 잘 그린다는 것은 보통아이들보다 잘 그리는 것 이상으로 잘 그려야 되는 것임을 나는 알았던 것이다.

나는 사생대회에 나가면 자주 상을 타 왔다. 사생대회에서 상을 받았다는 사실은 내가 그림을 잘 그린다는 이야기이다. 그러나 내가 탄 상은 중간 이하급의 상이었다. 이를테면, 장려상이나 가작 같은. 나는 특선이나 준특선 같은 상은 한 번도 받아 보지 못했다. 그러므로 나는 그림을 아주 잘 그리거나, 썩 잘 그리거나 혹은 정말 잘 그리지는 못하는 것이다. 덕분에 나는 일찍이 나를 알았다. 그리고 나 외부의 세계에 대해서도 더불어 알았다. 그리하여, 나는 내 재주가 얼마나 하찮은 것이며 또 세상이 얼마나 넓은지를 진작부터 깨우치게 되었던 것이다. 따라서 나는 철이 들고 한 번도 내가 어떤 분야에서든 최고가 되겠다는 생각을 해 보지 않았다. 1등이란 세계의 넓이를 측정할 수 없는 것처럼 어려운 것인 만큼. 가능하다면 2등이 내 목표였다. 백 명 중에서든, 천 명 중에서든. 어쩌면 백 명 중의 1등보다 천 명 중의 2등이 더 쉬울지도 몰랐다. 그래서 나는 2등이 최고 목표였다. 그렇지만 그것도 만만한 일이 아님을 나는 잘 알고 있었다. 그래서 그것에도 큰 욕심을 내지 않았다. 아니, 어떤 일에도 욕심을 내지는 않았다. 무엇이, 어떤 게 되겠다는 욕심까지도 포함해서. 정말이지 어려서부터 나는 내가 반드시 어떤 무엇이 되어야겠다는 생각은 결단코 하지 않았다.

전학 와서도 나는 사생대회에 나가서 상을 받았다. 나는 그림을 잘 그렸기 때문이다. 아주 잘 그리거나 썩 잘 그리거나 정말 잘 그리지는 않았지만. 그랬으므로 항구도시에서처럼 내가 받은 상은 역시 장려상이나 가작이었다.

그러나 그나마도 상을 받을 수 있었던 것은 내가 미술반에 든 덕분이었다. 만약 학기 초에 내가 미술반에 들지 않더라면, 어쩜 나는 상을 받을 수 없었을지도 몰랐다. 애초에 사생대회에 참가조차 할 수 없었을지도 모르니까. 나는 8반 선생이 처음 우리 반을 담임했을 때 그 선생이 맡고 있는 미술반에 들었었다. 그 선생은 8반으로 간 후에도 내가 미술반이었으므로 계속 내 그림을 볼 수 있었고 내 그림실력에 대해서도 알고 있었다. 고만고만한 재주를 가지고 있는 그 실력에 대해서.

그런데 하나 이상한 것은 준영이였다. 준영이는 나보다 훨씬 그림을 잘 그렸다. 그것은 누구보다 옆에서 함께 그림을 그리는 내가 더 잘 아는 일이었다. 초등학교 5학년 아이가 그리는 그림이란 대개 풍경화였고 실물과 얼마나 근사하게 그리는가 하는 것이 바로 실력이었다. 그럴 때 준영이는 누구보다 탁월했다. 우선 스케치부터 충실했고 그 위에 크레파스로 색을 입히는 데 있어서도 색의 배합이 다양하고 터치가 부드러웠다. 그래서 그림을 끝냈을 땐 완성도가 뛰어났고 옆에서 보면 실물보다 한층 더 아름답다는 생각이 들 정도였다. 그런데 문제는 그렇게 잘 그린 준영이의 그림이 최고상이 아닌 가장 낮은 상을 받는다는 것이었다. 다시 말해, 나와 함께 참가한 두 번의 사생대회에서 준영이는 모두 입선이었다. 입선은 내가 받은 장려상이나 가작보다 낮은 상이었다. 나는 그 심사 기준을 이해할 수가 없었다. 누군가는 준영이의 그림이 너무 실물을 그대로 닮은 이발소 그림 같아서 그렇다고 했지만 그것은 말도 안 되는 소리였다. 초등학교 5학년 아이에게 이발소 그림은 쉬운 건가. 그리고 이발소 그림처럼 실물을 닮게 그린다는 것보다 더 우선적인 게 뭐가 있겠는가. 우선은 그게 목표였고 그것조차도 벅찬 일이었다. 그러므로 우리들의 그림 중에서 단연 돋보이는 준영이의 그림이 그렇게 낮은 평가를 받는다는 게 나는 도무지 납득하기가 어려웠다. 그것은 내가 준영이를 좋아하기 때문에 그런 것만은 아니었다.

글짓기에 대해서도 비슷한 말을 할 수 있을 것이다. 나는 조금 내성적인 데가 있어서 그런지 오랫동안 일기를 써 왔고 평소 뭔가 끄적거리기를 좋아했다. 그러다 보니 글을 잘 쓴다는 소리도 자주 들었다. 물론 글에 대한 내 재주란 것도 그림처럼 고만고만한 것이었다.

그렇지만, 상으로 말하자면 글짓기는 그림보다 질적으로나 양적으로 조금 나은 편이었다. 겨우 가작이나 장려상밖에 받지 못했던 그림에 비한다면 글짓기로 받은 상은 장원이나 특선에서부터 준장원과 차상, 차하 등에 이르기까지 좀 더 다양했던 것이다. 물론, 내가 받은 상이 장원이나 특선에만 한정된 것이었다면 나는 내 재능이나 재주에 대해 자신 있게 말할 수 있었을지도 모르겠다. 그러나 그렇지 않다 하더라도 나는 글을 못 쓰는 편이라고 말할 순 없었다. 적어도 글을 써서 이런 저런 상을 받았던 건 사실인 만큼.

그런데 전학 온 후로 나는 글과 관련하여 그 어떤 상도 받아 보지 못했다. 그게 내 밑천이 짧아서인지는 알 수 없는 노릇이지만 나로선 석연할 수가 없었다. 담임선생은 수업 시간에 가끔 아이들이 쓴 시를 칠판에다 적기도 했고 산문을 읽어 주기도 했다. 그 중에는 내가 쓴 시나 산문도 포함됐다. 그렇지만 평소 나에 대한 태도로 봐서 그게 담임선생이 기꺼이 그렇게 한 건지는 장담하기 힘들었다. 그러는 과정에서 아이들은 내가 글을 조금 쓴다는 사실을 알았다. 그리고 적어도 우리 반에서만큼은 내가 제일 낫다는 사실도. 아이들이 아무리 무지렁이라 하더라도 뭐가(똥인지 된장인지 구분할 수 있는 것처럼) 좋은 건 좋은 줄 알았던 것이다. 그런데 담임선생은 내게 한 번도 백일장에 나가라는 소리를 하지 않았다. 뿐만 아니라 내가 참가 의사를 어렵게 표명하기라도 하면 나가 봤자 되지도 않을 거라는 식으로 내 의지를 꺾었다.

나는 아이들에게 글을 제법 쓰는 것으로 이미 인정되고 있었고 아이들도 수업이 빈 시간에 내가 하는 옛날이야기를 즐겨 들었다(나는 전학 온 후로 할아버지와 함께 살게 되었는데 할아버지는 내게 거의 매일 밤 재미있는 옛날 얘기를 들려주셨다. 그리고 그 얘기들을 나는 빈 시간이면 아이들의 열화와 같은 요청에 의해 반복 재생해야 했다. 담임선생도 잔무 처리 때문에 수업을 할 수 없을 땐 나더러 나와서 얘기를 하라고 했다). 그런데 왜 담임선생은 나를 백일장에 못 나가게 하는 건지 알 수 없었다. 나는 뭔가 담임선생에게 부당하게 강박당한다는 느낌을 떨치기가 힘들었다. 그나마 내가 참을 수 있었던 것은 나뿐만 아니라 다른 누구도 백일장에 나가

지 않았다는 사실이었다. 내가 아닌 누군가가 백일장에 나가는데 내가 못 나갔다면 그땐 정말 도저히 견디기 어려웠을지 몰랐다. 그렇더라도 억울한 건 사실이었다. 글짓기로 말하자면, 우리 반에선 내가 제일이었고 나가면, 항구 도시에서 그랬던 것처럼 최소한 작은 상 정도는 받을 자신이 있었기 때문이다. 다른 녀석들이야 어떨지 몰라도.

그 문제와 관련하여 생각이 조금 헷갈리는 부분이 있었다. 담임선생이 나를 부당하게 강제하고 있다고 생각하는 내게 준영이가 뜻밖의 이야기를 해 주었던 것이다. 준영이 말에 의하면 담임선생이 문예반을 맡고 있는 4반 선생과 사이가 몹시 안 좋다는 것이었다. 그래서 우리 반에서 아무리 좋은 작품을 보내 봐야 학교 내 심사권을 가진 4반 선생이 선발하지 않으니까 우리 반 아이들은 교외 백일장엔 나갈 수 없다는 얘기였다. 더욱이 현역 시인이기도 한 4반 선생은 오로지 자기 반 아이들에게만 극구 챙겨서 우리 담임선생뿐만 아니라 다른 반 선생들과도 사이가 별로라고 했다.

듣고 보니 준영이 말에 일리가 없는 것 같지는 않았다. 매주 월요일 운동장에서 실시하는 아침조회 시간에 교내 백일장은 물론 교외 백일장에 나가 상을 받는 사람은 4반 아이들뿐이었다. 그것도 산문은 없고 모조리 시로 받는 상들이었다. 그래서 어떤 아이는 그랬다. 학교 내의 상은 4반 선생이 직접 자기 반 아이들을 뽑아서 주는 것이고 교외백일장에서 상을 받는 것은 4반 선생이 백일장이 열리는 장소에 가서 써 주는 것이라고. 설마 그렇지는 않겠지만 그만큼 백일장과 관련된 상은 4반 아이들 독차지였고 나머지 반 아이들은 박수만 쳐야 했던 것이다. 그래서 4반 선생에 대한 허무맹랑한 소문도 쉽게 사그라지지 않았다.

그러나 사실 여부야 어떻건 담임선생의 나에 대한 태도는 나로 하여금 그 소문을 전적으로 믿지 못하게 했다. 정말 소문대로였다면 적어도 담임선생은 내게 조금이나마 미안한 태도를 보였어야 했다. 그렇지만, 담임선생은 내게 미안해하기는커녕 시종 냉랭하기만 했던 것이다. 담임선생은 새 학기가 시작되고 두어 달이 넘어가는 동안 다른 아이들에게는 말도 안 되는 칭찬을 서슴없이 내던지면서도 여러 번 칭찬을 받아도 좋을 내게는 그 비슷한 말 한마디 없었다. 담임선생의 나에 대한 고까운 시각은 얼마 지나지 않아서 곧 드러났다.

앞서 말한 대로 나의 잔재주에는 노래도 포함됐다. 뭐, 그렇다고 내가 대단한 성악가적 자질을 가지고 있다는 뜻은 아니다. 그래서 미리 잔재주라고 하지 않았는가.

그렇지만 나는 노래도 그림이나 글짓기처럼 보통아이들보다는 조금 잘 불렀다. 그건 어김없는 사실이었다. 그러나 초등학생들이 노래를 잘 부른다고 할 때 그 레퍼토리는 뭐겠는가. 가곡이나 동요? 글쎄, 그런 것으로도 잘 부른다고 하겠지만 대개 유행가가 아닐까.

유행가 잘 부르는 것으로 노래 잘 부른다고 하면 고개를 저을 사람이 있을지도 모르겠지만, 사실은 그렇지 않다. 유행가 잘 부르는 사람을 왜 노래 잘 부르는 사람이라고 할 수 없는가. 그리고 유행가를 잘 부르면 동요나 가곡은 잘 못 부른다고 섣불리 단정할 수 있겠는가. 나는 그렇게 생각한다. 유행가 잘 부르는 사람은 성악도 동요도 잘 부를 수 있을 거라고, 특히 초등학교 때 유행가 잘 부른 사람은. 솔직히 말해, 초등학교 때 교실 밖에서나 학교 밖에서 동요 부르는 아이들이 어딨겠는가.

아무튼, 나는 어려서부터 유행가를 잘 불렀다. 특별한 까닭이 있었다기보다 자주 쉽게 접할 수 있어서 그랬을 것이다. 나는 웬만한 유행가는 두어 번 들으면 가사는 2절까지, 음정과 박자는 거의 틀리지 않고 부를 수 있었다. 그리고 시간이 지나도 좀처럼 까먹지 않았다. 그랬으니 초등학교 3, 4학년 때 이미 내가 아는 유행가는 당시 유행하는 유행가의 거의 전부라고 해도 과언이 아닐 정도였다.

항구도시에 살 적에 내가 제일 먼저 배운 유행가는 안다성의 〈사랑이 메아리 칠 때〉였다. 지금 생각해도, 그리고 지금 수준으로도 유행가치고는 상당한 품격이 느껴지는 고난도의 노래인데 초등학교 1학년 땐가 바닷가에 나갔다가 누군가 마이크 잡고 부르는 걸 듣고는 그 자리에서 외워버렸다. 당시엔 〈잘 있거라 부산항〉처럼 항구와 마도로스를 소재로 한 노래나 〈홍콩 아가씨〉와 〈아리조나 카우보이〉 등 이국을 소재로 한 노래가 많았고 전설적인 가수 남인수도 〈무너진 사랑탑〉을 부르며 아직 생존해 있었다. 나는 현인의 〈신라의 달밤〉과 〈비 내리는 고모령〉, 남일해와 최희준의 〈맨발로 뛰어라〉나 〈맨발의 청춘〉은 물론, 탤런트 독고영재의 아버지인 독고성이 최초로 주연한 영화의 주제가인 〈인정사정 볼 것 없다〉도 부를 줄 알았다.

내가 항구도시를 떠날 무렵 그곳에선 연속극의 주제가인 〈하숙생〉과 비오는 저녁 무렵에 부르면 더욱 그럴싸한 성재희의 〈보슬비 오는 거리〉를 자주 들을 수 있었다. 그리고 전학 와서는 남정희의 〈새벽길〉 같은 노래도 문주란의 〈동숙의 노래〉 다음에 불렀다. 그리고 잘 불렀다. 나는 집에서도 부르고 학교에서도 부르고 소풍 가서도 아이들 앞에서 노래를 불렀다. 비교적 내성적인 편이어서 다른 땐 수시로 수줍음을 탔지만 노래를 부를 땐 내가 생각해도 평소의 나와는 달랐다.

그래서 누가 나더러 그림 그리기와 글쓰기, 노래 부르기 중에서 하나를 택하라면 나는 단연코 노래 부르기를 택할 것이었다. 그림 그리기는 준비물을 챙기는 게 번거로운 데다 나중에 손을 씻어야 하는 것도 귀찮았고 글쓰기는 어쨌건 머리를 좀 써야 했다. 안 그럴 때도 있긴 했지만. 반면에 노래 부르기는 그야말로 입만 뻥긋거리면 되는 게 아닌가. 게다가 부르다 보면 흥이 나기도 하고. 오죽하면 요즘 사람들은 돈을 내고까지 노래를 부르겠는가.

아무려나, 오월도 웬만큼 지난 어느 날이었다. 그날 담임선생은 수업을 하기 싫었는지 어쨌는지 거의 두 시간에 걸쳐 자신이 오르간 반주를 하면서 팔십 명이나 되는 아이들을 차례대로 노래를 시켰다. 음악시간에 배운 것 중 자기가 좋아하는 것으로.

키가 컸던 나는 뒷번호라서 내 앞의 아이들이 부르는

노래를 한참 동안이나 들었다. 아이들의 노래란 게 늘 그랬지만 그날도 그저 그랬다. 드디어 내 차례가 왔다. 나는 그저 그렇지 않은 노래를 불러 보이기 위해 목청을 가다듬고 오르간 앞으로 나갔다. 그리고 한 번 심호흡을 한 후 반 옥타브에서 한 옥타브 가량 음정을 높여서 노래를 시작했다. 노래를 돋보이게 하기 위해선 가급적 음정을 조금 높이는 게 낫다는 것을 나는 이미 알고 있었다.

고향 땅이 여기서 얼마나 되나. 푸른 하늘 끝닿은 저기가 거긴가.
아카시아 흰 꽃이 바람에 날리면 고향에도 지금쯤 뻐국새 울겠지.

내 노래가 끝나자 우레와 같은 박수가 아이들에게서 일었다. 유행가 대장의 심혈을 기울인 노래에 박수 치지 않을 자 어디 있겠는가. 박수는 당연한 일이었다. 지극히 당연하고 너무나 당연한 일이었다.

그러나 나는 사실 내심 조금 불만이었다. 시작할 때 음정을 너무 높게 잡는 바람에 노래의 중간에서 고음처리가 조금 힘들었던 것이다. 물론, 가성(假聲)으로 적당히 얼버무려 아이들이야 전혀 눈치를 못 챘겠지만. 그러므로 내 불만은 나 자신에 대한 스스로의 엄격함이기도 했다.

아무튼 그렇게 우리 반 팔십 명 아이들의 노래가 모두 끝났다. 그런데 사건은 그 다음에 일어났다.

담임선생은 노래를 잘 불렀다고 생각되는 아이들을 앞에서부터 댓 명씩 불러내어 합창을 시키기 시작했다. 그렇게 몇 팀의 노래가 끝나고 내 바로 앞의 아이들이 호명되어 앞으로 나갔다. 나도 나갈 생각으로 막 일어서려던 참이었다. 그런데 이게 웬일인가. 담임선생은 내 앞의 애 이름을 부르더니 곧장 내 이름을 건너뛰면서 다시 뒤의 애를 호명하는 것이었다. 나는 뭐가 잘못된 게 아닌가 싶었다. 그렇지만 우선은 내 앞뒤 번호 아이들의 노래를 듣고 있을 수밖에 없었다. 그리고 몇 명 남지 않은 뒤쪽 아이들의 노래를 계속 들었다. 혹시라도 실수로 빠뜨렸던 내 이름을 담임선생이 부르지 않을까 기대하면서.

그러나 끝까지 담임선생의 입에서 내 이름은 불리지 않았고 노래부르기는 그대로 끝이 났다. 나는 어안이 벙벙했고 아이들이 수근거리기 시작했다. 아이들은 나를 흘끔흘끔 쳐다보거나 돌아보면서 내 눈치를 살폈다. 개중에는 나보다 노래를 못 부른 자신이 호명되었던 게 미안하다는 표정을 짓는 아이도 있었다. 참담하다는 표현을 써야 한다면 바로 지금일 거라는 생각이 들었다. 아마 내 표정도 그랬던 모양이었다. 나와 가까운 아이 하나가 참담한 표정의 친구를 위로하려는 듯 담임선생에게 말했다.

"윤규도 잘 불렀는데요?"

그러자 담임선생은 기다렸다는 듯이 그 아이의 말을 잘랐다.

"윤규는 고음 처리가 불안해서…."

무슨 소리를 하는가. 고음 처리가 불안하다니.

내가 무슨 성악간가. 그리고 초등학생이 동요 부르는 게 성악가가 가곡 부르는 것쯤 되어야 한다는 건가. 고음 처리가 불안하지 않아야 하다니

그보다 고음 처리 조금 불안한 건 안 되고 음정 박자 엉망으로 틀리는 놈은 된단 말인가.

그럴 수는, 정말 그럴 수는 없는 일이었다.

눈물은 억지로 참았지만 가슴이 떨려 숨을 제대로 쉴 수가 없었다.

그러나 담임선생은 나를 힐끗 한번 쳐다보고는

"오늘 나중에 불렀던 사람들이 다음 달 학교 합창대회에 나갈 거니까 그렇게들 알고 있어."

하고 내뱉고선 아무 일 없다는 듯이 밖으로 나가 버렸다.

나는 서른 명 가까이 뽑힌 합창대회 우리 반 대표에도 들지 못 했다.

정말 기분이 엿 같았고 엿 같은 날이었다.

말 못할 수모를 노골적으로 당한 기분으로 나는 자리에서 일어나 교실 밖으로 나왔다.

운동장 한편에 서서 가쁜 숨을 몰아쉬고 있을 때 누군가가 뒤에서 내 어깨를 쳤다.

"야, 뭘 그래. 그깟 걸 가지고."

반장인 은기였다.

은기

은기로 말하자면 싸움 따위를 잘하는 녀석은 아니었다. 은기는 한 번도 다른 아이들과 싸움을 하지 않았다. 정말 싸움을 잘하는 사람은 싸우지 않고 남을 이기는 사람이라지만 그래서 싸우지 않는 것은 아니었다. 은기와는 누구도 싸움을 할 생각을 하지 않았던 것이다.

그렇다고 녀석이 뭐, 세서 그런 것도 아니었다. 정말 세다는 아이는 따로 두어 명 있었다. 내가 직접 확인해 본 것은 아니지만. 모르긴 해도, 1학년 때부터 4학년을 마치고 5학년까지 오는 동안 은기는 다른 아이들이 함부로 대하지 못할 나름대로의 위엄을 쌓고 있는 것 같았다.

그 위엄의 실체는 아무래도 공부 잘하는 것이 아닐까 싶었다. 시골에서는 어떤지 몰라도, 적어도 도시에서는 공부 잘하는 것이 최고였으니까. 그러나 그게 다는 아닌 것 같았다. 설령, 녀석이 공부를 잘했기로서니 골샌님 같았다면 사정은 또 달라졌을 수도 있었을 테니까.

아무튼, 녀석은 반장선거에서도 자신이 아니면 아무도 반장을 할 수 없다는 것을 담임선생을 포함한 아이들 모두에게 완벽하게 인식시키고 있었듯이 늘 일정한 무게를 갖고 우리 반을 주도하고 있었다.

"너 성질난 거야?"

"조금."

"조금이라도 성질낼 게 뭐 있어? 그 인간이 그러면 그러나보다 하면 되는 거지."

아이들이 은기를 싫어하는 이유에는 이런 점도 포함될 것이다. 녀석이 말을 할 땐, 스스로 의식했든 안 했든 꼭 개폼을 잡는 것처럼 들리는 것이다.

"그리고 말이야. 그 따위 노래가 뭐 대수라고…."

은기는 단물이 빠진 오래된 껌을 내뱉듯이 한 마디를 툭 던졌다. 내가 녀석에게 가장 못마땅한 것이 바로 그런 모습이었다.

녀석은 나까지 포함해서, 남에게 콧방귀를 잘 뀌었다. 그러니까 내 경우에는, 내가 가진 잔재주가 녀석의 비웃음의 대상이 되었다.

대충 비교되기로 내가 다소 내성적이라면 녀석은 지극히 외향적이었다. 그리고 내성적인 내가 더러 감상적인 면이 있다면 녀석은 내 그런 면을 낄낄댔다. 이를테면, 내가 뭔가 글을 쓴다고 끄적거리거나 사생대회에 나간다고 하면 나를 유치한 짓이나 하는 녀석으로 치부하며 축구 시합할 아이들을 끌어 모았고, 아이들 앞에서 유행가를 열창할 땐 입술을 한쪽으로 말아 올리며 픽픽 건조한 웃음을 날렸다.

녀석은 글도 잘 못 썼고 그림도 잘 못 그렸으며 노래는 보통이었다. 노래가 보통이라는 말은 잘 부르는 사람 입장에선 못 부른다는 뜻이다. 아무튼 녀석은 내가 가진 잔재주라곤 하나도 없는 조금 삭막한 녀석이었다. 그러면서도, 녀석은 잔재주 하나 없는 게 오히려 무슨 큰 재주라도 되는 것처럼 여기는 듯했다. 녀석이 잘하는 것은 단지 공부뿐이었다. 그렇지만, 그 공부란 것도 요즘처럼 작문과 그림과 노래를 모두 성적에 넣었으면 사정이 조금 달라졌을 것이다. 녀석이 잘하는 것이라곤 오로지 시험지의 문제로만 된, 글짓기 없는 국어시험과 그림 그리지 않는 미술시험과 노래 부르지 않는 음악시험 같은 것이었다. 그리고 아무튼 그런 것들만으로 성적을 매겼으므로 녀석은 자주 1등이었다. 자주라는 말을 쓰는 것은 가끔은 내가 1등을 했기 때문이다.

그러면서도 녀석은 나와 친한 척했다. 아니, 실제로 친했다고 할 수 있을 것이다. 녀석이 평소 주로 이야기한 상대는 나밖에 없으니까. 그렇지만 녀석과는 친하면서도 단짝이라기엔 뭔가 심정적으로 거리감이 느껴졌다. 준영이와 달리. 그것도 전적으로 녀석의 책임이었을 것이다. 가만히 보면, 녀석은 나하고 노는 게 마치 나만이 제 수준에 맞아서라는 분위기를 은근히 풍겼다. 나하고 있을 땐 자주 다른 아이들을 약간씩 깔보았으니까. 녀석은 나하고 친한 준영이에 대해서도 계집애라는 말을 서슴없이 했다. 만약 준영이의 누나인 준희누나를 좋아하는 내 마음을 알았다면 녀석은 노골적으로 킥킥댔을 것이다.

그래도 내가 성질이 나자 따라 와 준 걸 보면 역시 친구는 친구였다. 녀석의 그런 면이 준영이와는 달랐다.

"씨팔, 정말 한번 확 뒤집어 버릴까 보다."

말 들은 김에 바람 핀다고…. 나는 담임선생에 대한

분노와 적개심으로 씩씩거렸다. 물론, 담임선생을 엿먹일 그 어떤 구체적인 방법은 없었다. 그렇지만, 부당한 억압을 받으면 반감은 누구에게나 생기기 마련이었다. 혁명이 다 이유가 있어서 하는 것이지 괜히 하는 게 아닌 것처럼.

"얌마, 뒤집긴 뭘 뒤집어. 거북이야, 뒤집게? 내버려 둬, 그냥."

은기는 제 일이 아닌 것에는 많이 대범한 척했다. 아니, 실제로 대범했다. 그런데 녀석의 그 대범함에는 남들이 모르는 묘한 구석이 있었다. 말하자면, 녀석의 대범함은 절대 자기 손해가 없는 경우에 한했던 것이다. 가령, 자기는 자주 혹은 대개 1등이니까 2등부터 80등까지의 석차에 대해선 누가 어떻게 되든 별로 신경을 안 쓴다는 식이었다. 그리고 2등에게도 같은 논리로 대범하게 충고를 했다. 3등부터 80등까지 신경 쓸 필요가 있느냐는 식으로. 그 2등이 대체로 나였으므로 녀석은 자주 내게 아주 우호적으로 동류의식을 내비치곤 했다.

그런 면에서 녀석은 이기적이고 음흉하며 교활했다. 아니, 그렇게 말하면 안 된다. 아무도 그렇게 생각하지는 않을 테니까. 녀석의 속을 꿰뚫어 보고 있는 나 말고는.

"자, 그만 들어가. 네가 유행가 잘 부른다는 걸 모르는 사람 어딨겠어."

녀석은 꼭 그런 식으로 나를 긁었다. 나를 위로한다는 녀석이 왜 유행가라고 그러느냐는 말이다. 그냥 노래라고 하면 안 되나.

확실히 은기는 보통아이들하고 노는 게 달랐다. 나를 제외한 다른 아이들을 무시했지만, 그래서 다른 아이들이 싫어했지만, 그 무시함을 대범함으로 포장함으로써 아이들의 반감을 사지는 않았다. 아니, 아이들로 하여금 반감을 갖지 못하게 했다.

녀석은 시건방졌고 아이들을 무시하긴 했어도 그러나 괴롭히지는 않았다. 단, 한 명을 제외하고는. 그 단 한 명이란 바로 부반장인 원순이었다.

내가 항구도시에서 그랬듯이, 반장이 있는 한 부반장이란 아무 것도 아니었다. 그런데 원순이는 아무 것도 아닌 정도도 아니었다. 어떤 의미에서 특별하다고 할 수 있었다. 물론 그 특별함이란 반장인 은기와 관련해서 생각할 때 그렇다는 말이다.

어쨌건, 부반장은 반장 다음의 직책이었다. 그렇지만 은기는 원순이를 절대로 자기 바로 다음 직책의 아이로 여기지 않았다. 뿐만 아니라 다른 아이들보다 훨씬 심하게 대했다. 우선, 원순이의 이름을 제대로 부른 적이 한 번도 없었다. 물론 나를 비롯한 다른 아이들도 가끔 원순이를 몽키라는 별명으로 부를 때도 있었지만 은기는 그 단어를 입에 달고 살았다. 심지어는 담임선생 앞에서까지도. 그러나 그 정도라면 원순이의 수난은 그런 대로 견딜만한 것이라고 할 수 있었다. 하지만 원순이에 대한 은기의 박해는 그 정도에서 그치지 않았다. 볼 때마다 일없이 뒤통수를 세차게 후려갈기는 것은 예사였고 쉬는 시간이면 그냥 원순이를 뒤에서 끌어안고 숨이 막히도록 목을 조른다거나, 쓰러뜨리고 올라타고서는 말을 달리듯 자신의 그 살집 좋은 몸으로 찍어 누르며 짓이기곤 했다. 또는 어디서 TV를 봤는지 교실 뒤쪽에 원순이를 엎어 놓고 두 다리로 녀석의 팔을 감고는 프로 레슬러 김일 선수의 두 번째 특기인 풍차 돌리기 시범을 보이기도 했다. 그럴 때마다 원순이는 죽을 맛이었을 테고 정말 얼굴도 죽을상이었다. 그게 그저 장난이라면 그럴 수도 있었다. 그러나 그것은 장난이 아니었다. 그럴 때마다 종내 원순이가 눈물을 뽑았으므로 절대로 장난이라 할 수 없었다.

그런데도 문제는 은기의 원순이에 대한 그 가학행위가

겉보기엔 전혀 장난 같다는 데 있었다. 은기의 굵은 팔뚝이나 두 다리에 목이 감겨 원순이가 숨 막혀 하며 캑캑댈 때에도 은기는 그저 재미있다는 표정이었다. 그리고 풍차 돌리기로 원순이의 몸을 이리저리 굴리면서도 그저 신이 난 듯 환호성을 지를 뿐이었다. 한 번도 은기는 눈을 부릅 뜨거나 이를 앙다물거나 하지 않았다. 그래서 도저히 원순이와 다투었거나 혹은 화가 나서 그러는 것이라고는 생각할 수 없었다. 단지 재미로, 재미 삼아 그러는 것처럼 모두에게 보였을 뿐이었다. 그리고 끝내 원순이가 눈물을 보이거나 울음을 터뜨리면 짜식, 뭐 그깟 거 갖고 그러느냐는 투였다.

원순이의 그런 수난에 대해 가장 애타해 하는 사람은 담임선생이었다. 담임선생은 원순이가 두 눈에 눈물이 그렁그렁한 걸 볼 때마다 그게 은기 때문임을 알고 있었다. 그럼에도 이상하게 별 말을 못했다. 기껏 '웬 장난들이 그렇게 심해' 하는 게 고작이었다. 그런데 더 이상한 것은 담임선생이 그 이상의 말은 안 했지만, 내심 못마땅해 하고 있다는 걸 모르지 않으면서도 은기의 원순이에 대한 가학 행위가 그치지 않는다는 사실이었다.

나는 전학을 왔으므로 학교의 전반적인 사정을 잘 알지

못했다. 그래서 내 생각만으로 뭐라고 말할 수 없는 부분이 많았다. 그런 측면에서 보면, 5학년까지 오는 동안 담임선생을 포함해서 여러 선생들을 겪은 은기의 행동은 내게 뭔가를 시사하고 있었다. 왜냐하면, 은기는 시건방지고 남을 무시하는 성격이긴 해도 장난이 아주 심한 편은 아니었던 것이다. 그런데 왜 하필이면 원순이에게만 그러는 것인가. 장난으로 그러려면 원순이 외에 다른 아이들도 많을 텐데….

그런 생각을 거듭 하는 과정에서 뭔가 조금씩 분명해져 오는 게 있었다. 은기 녀석도 담임선생이 별로 맘에 들지 않았던 것이다. 그 원인이 5학년에 올라온 이후에 있든 그 전에 있었든. 그러므로 은기의 원순이에 대한 가학행위는 말하자면, 담임선생에 대한 불만과 경멸 혹은 적대감의 간접적인 표시일 수도 있었다. 녀석을—이런 말은 어쨌건 나와 친한 녀석이니만큼 가급적 안 쓰는 게 친구 의리상 좋겠지만 제 손해만 아니면 대범한 척하는 다른 면까지 감안해서—교활하다고 할 수 있다면 바로 이런 면을 두고 그랬다. 만약에 담임선생이 야단을 치더라도 죄송하다는 한 마디면 그만이지만 녀석은 원순이를 심하게 다룸으로써 담임선생에 대한 나름대로의 공격을 한 셈이 되니까.

더욱이 녀석은 설령 자신이 원순이에게 그렇게 해도 담임 선생이 별 말을 못하리라는 것까지도 나름대로 계산하고 있었던 것이다.

그리고 더 중요한 것은 담임선생으로부터 부당한 혐의를 받고 있는 내게 녀석은 은근히 하나의 해답을 제시하고 있다는 사실이었다. 즉, 담임선생이 부당하게 원순이를 감싸고돌더라도 어차피 원순이가 우리 수준이 아니니까 그냥 대범하라는 뜻이었다. 그러면서도 자신은 담임선생에 대한 반감의 한 행위로 화도 내지 않고 은근히 원순이를 박해하는 거라는 듯이. 그게 맞는다면, 정말 녀석은 나름대로의 삶의 묘한 방식과 이상한 형태의 사려 깊은 구석이 있다고 할 수 있었다.

그런데 내게 그렇게 심오하고 격조 넘치는 우정을 은밀하게 보내 주던 은기와도 잠시 틀어지는 일이 생겼다. 그것은 정말 웃기는 일이었다.

어른들은 도대체 왜들 그러시나

"뭐, 쭈굴스럽다고?"

하루는 아침에 학교에 갔을 때 복도에 몰려 있는 아이들 사이에서 은기가 큰소리를 지르고 있었다. 내가 오는 것을 보고 그러는 게 틀림없었다.

내가 교실 앞까지 오자 은기를 둘러싸고 있던 아이들이 일제히 나를 쳐다보았다. 아이들로선 잘못하면, 아니 잘하면 은기와 내가 한판 붙을지 모른다는 생각이 들었을 터였다. 그만큼 은기는 나를 두고 씩씩거리고 있었던 것이다.

"뭐, 쭈굴스럽다고?"

은기는 나를 외면한 채 조금 전 내가 들었던 소리를 반복했다. 혹시나 아까 내가 멀어서 못 들었다고 생각한 걸까. 나는 비비시 웃음이 나왔다. 녀석의 대범함의 한계였다. 녀석이 대범한 건 제 일이 아닐 경우였다.

나는 은기의 고함을 못 들은 척하고 곧장 앞문으로 가서 자물통을 열었다.

아, 잠깐 자물통에 대해서 먼저 조금 얘기해야겠다. 흐흐, 자물통 얘기를.

우리 반 교실을 잠그는 자물통은 캐비닛처럼 눈금이 새겨진 원형의 다이얼이 달려 있는 것이었다. 그 자물통은 눈금 10이 중앙에 오게 돌리면 열리게 돼 있었다. 그러나 그것은 잠글 때 한 바퀴 미만으로만 돌려놓을 경우에 한했다. 만약에 한 바퀴 이상을 돌리게 되면 여는 게 좀 복잡했다. 좌로 몇 바퀴 돌려서 ○○번, 그리고 우로 몇 바퀴 돌려서 ××번, 다시 좌로 몇 바퀴 돌려서△△번 하는 식으로…. 담임선생은 아침에 누구라도 제일 먼저 오는 사람이 열 수 있도록 전날 마지막에 교실을 나가는 사람은 항상 다이얼을 한 바퀴 미만으로 돌려놓게 아이들에게 말해두었다. 그런데 어느 날인가, 전날 마지막에 나간 아이가 다이얼을 한 바퀴 이상을 돌려놓았는지 아이들이 교실에 들어가지 못하고 복도에 모여 떠들고 있었다. 그때 지나가던 교감선생이 복도에서 소란을 피우는 아이들을 보고 담임선생이 아직 안 왔느냐고 물으면서 화를 냈다. 그날 담임선생은 무슨 일이 있었는지 그때까지 출근하지 않고 있었다. 담임선생이 올 때까지 아이들은 저마다 한 번씩 자물쇠를 열려고 다이얼을 이리저리 돌려보곤 했다. 그러다가 내 차례가 왔다. 나도 다이얼을 한 바퀴 이상 돌려놓았을 경우 열 수 있는 번호를 알지 못했다. 그렇지만 다이얼을 좌로, 우로 돌리면서 뭔가 맞춰지는 낌새를 감지하며 계속 다이얼을 돌렸다. 그러자 신기하게도 자물통이 열렸다.

아마, 은기가 소리를 지르던 그날도, 전날 내가 자물통 다이얼을 한 바퀴 이상 돌려놓았던 모양이었다. 아이들이 복도에서 웅성대며 교실에 못 들어가고 있었던 것을 보면. 처음 내가 자물통을 열게 된 이후로 나는 가끔 다이얼을 한 바퀴 이상 돌려놓곤 했다. 담임선생은 나를 별로 좋아하지 않으면서도 방과 후에 내게 자주 일을 시켰다. 이를테면, 교실 환경미화에 필요한 그림 그리는 일이나 벽보 만드는 일 따위를. 그런 날은 주로 준영이 등과 교실에 남아서 담임선생이 시킨 일을 하고 나서 문을 잠그고 나왔다. 내가 잠글 때도 있었고 다른 아이들이 잠글 때도 있었다. 나는 대개 다이얼을 한 바퀴 이상을 돌려놓았으며 다른 아이들이 잠글 때에도 그 아이 몰래 슬쩍 다이얼을 조금 더 돌려놓곤 할 경우가 많았다. 그러면, 그 다음날은 어김없이 아이들은 복도에서 기다려야 했고 내가 오기까지 아무도 교실에 들어가지 못했다. 그런 광경이 재수 없이 교감이나 교무주임선생의 눈에 띄기라도 하면 하나 좋을 일이 없었으므로 담임선생으로선 아침 일찍 나오지 않을 수 없었다. 적어도 아이들보다 일찍. 그러나 담임선생이 매일 아이들보다 일찍 나올 수는 없는 일이었다. 그러다 보면 내가 자물통 다이얼을 한 바퀴 이상 돌려놓은 날과 담임선생이 아이들보다 일찍 나오지 못한 날과 교감이나 교무주임선생이 복도를 지나간 날이 일치하는 날이 생겼다. 아주 자주는 아니지만 가끔. 그리고 그런 날은 왠지 모르게 내 마음이 유쾌했다.

물론, 자물통의 다이얼을 한 바퀴 이상 돌려놓은 게 내 소행이라는 게 드러날 수도 있었다. 그리고 실제로 담임선생은 내게 자물통을 잠글 때 다이얼을 절대로 한 바퀴 이상 돌리지 말라는 주의를 주기도 했다. 그렇지만 거기에 대해서 나는 철저히 오리발을 내밀었다. 나는 결코 한 바퀴 이상 돌린 적이 없으며 그 뒤에 누가 장난을 쳤거나 잘못 만졌을 거라는 식으로. 그러면서도 담임선생은 자물통을 바꾸지 않았다. 매일 새벽같이 나오기는 힘들었기 때문일 것이다.

그리고 하나 더 덧붙이지만 아무도 교실에 들어가지 못하고 아이들이 복도에 모여 나를 목 빠지게 기다리고 있다는 사실과, 그 아이들 앞에 드디어 모습을 드러내며 누구도 열지 못한 자물통을 다이얼 눈금을 보지도 않고 그저 손의 감각만으로 열어 보이는 묘기를 펼치는 것은 정말 신나고 재밌는 일이 아닐 수 없었다. 나는 그 이후로 수십 년이 지난 지금까지도 웬만한 캐비넷 다이얼은 번호를 몰라도 쉽게 열 수가 있다.

아무튼, 그날 아이들이 주시하는 가운데 나는 다시금 다이얼의 눈금은 보지 않은 채 손만으로 자물통을 여는 신기에 가까운 묘기를 되풀이했다. 그러나 아이들은 내가 열어준 교실 문을 통해 안으로 들어갈 생각을 하지 않고 그대로 복도에서 서성거렸다. 혹시나, 더 재밌는 일이 벌어질지도 모른다는 기대감에서였다.

"응, 그거? 그래, 쭈굴스럽다는 말 내가 한 적이 있어. 근데 그게 네 얘기야?"

나는 아직도 씩씩거리는 표정을 미처 수습하지 못하고

있는 은기 앞으로 다가서며 말했다. 녀석은 제 성질에 못 이겨 씩씩거려 놓고도 정작 내가 그렇게 나오자 조금 떨떠름한 얼굴이었다. 마치 제 스스로 화가 나서 그런 것이지 내게 대놓고 뭐라고 한 것은 아니라는 듯이.

쭈굴스럽다는 말은 창피하다, 혹은 쪽팔린다는 뜻의 사투리였다.

내가 그 말을 하게 된 것은 며칠 전이었다.

며칠 전, 아이들과 이야기를 나누던 중에 다른 반에 있는 최주봉이란 아이에 대한 얘기가 한 녀석의 입에서 나왔다. 나는 물론 모르는 아이였다. 그런데 그 아이에 대한 얘기를 꺼낸 녀석이 그랬다.

"최주봉이 전교 1등이야."

"그래…?"

"은기도 공부를 잘하긴 하지만… 최주봉이한테는…."

녀석은 결코 입에 담아서는 안 될 어떤 금기사항을 발설하기라도 하듯 말하는 표정이 몹시 조심스러웠다. 그러면서도 은기가 우리 반에서는 1등이지만 전교에서는 결코 1등이 아니라는 사실을 내게 주지시키려고 몹시 노심초사하는 것처럼 보였다. 그래서 보충설명까지 곁들이는 수고도 마다하지 않았다.

"은기 아버지가 그랬대."

"뭘?"

"은기가 최주봉을 꺾으면… 자전거를 사 주겠다고."

"자전거?"

"응, 자전거."

"그러니까 은기 아버지가 은기에게 자전거를 사 주겠다고 했다는 거야?"

"은기가 먼저 사 달라고 한 거야. 최주봉을 꺾으면 자전거 사 달라고."

아이들은 자전거 얘기를 끝까지 은기가 먼저 한 것으로 주장했다. 시건방지고 안하무인격인 은기에 대한 아이들의 반감이 드러나는 대목이었다.

"그래서 은기 아버지가 사 주겠다고 했다는 거지?"

"맞아."

"그래, 꺾었어?"

"아니."

누군가가 의기양양하게 대답하며 내 반응을 살폈다. 나는 한 마디 하지 않을 수 없었다.

"글쎄, 1등이야 할 때도 있는 거고 못할 때도 있는 거지. 그깟 걸 가지고 자전거는, 뭘. 쭈굴스럽게…."

나는 별 생각 없이 그렇게 대꾸했다.

"아무튼, 5학년에 올라올 때까지는 은기가 한 번도 최주봉을 꺾지 못했어. 그래서 아직 은기는 자전거가 없어."

또 다른 녀석이 은기와 최주봉이란 아이와의 경쟁 결과를 다시 한 번 내게 주지시켰다.

그 정도의 이야기였다. 그런데 그날 나누었던 대화를 어떤 녀석인지 몰라도 은기에게 전한 모양이었다. 그게 누군지 전혀 짐작도 안 됐지만 그날 대화 내용을 제대로 전달하기나 한 건지도 알 수 없었다. 그렇지만 뭐, 상관없었다.

"난 너 아닌 줄 알았지. 어떤 녀석이 성적 가지고 자전거 얘기한 애가 있다길래 쭈굴스럽다고 그러긴 했는데 그 애가 설마 너라곤 생각 안 했어? 정말 네가 그런 소리 한 거야? 아니지?"

그러자 은기는 벌레 씹은 얼굴로 나를 한번 꼬나보더니

"얌마, 자전거는 무슨 자전거! 어떤 새끼가 말도 안 되는 소리를…."

하고는 곧장 교실로 들어가 버렸다.

나는 킥킥 터져 나오는 웃음을 억지로 참았다. 솔직히 말해, 녀석은 아이들에 보는 앞에서 내게 대놓고 씩씩거릴 수 없었다. 나는 그걸 알고 있었다. 그동안 녀석과 나는 몇 가지 공통분모를 가지고 둘만의 특별한 관계를 유지해 왔다. 이를테면, 녀석이 다른 아이들을 사그리 무시할 때 나는 한 마디 시비도 걸지 않고 방관함으로써 녀석에게 동류의식을 표시했고 담임선생에 대해서도 일종의 연합전 선을 펴고 있었다. 그러므로 어떤 면에서 나는 유일한 녀석 의 편이었다. 그런데 녀석이 노골적으로 내게 씩씩대면 그 것은 유일한 제 편을 잃는 것이며 그동안 유지해 왔던 나와 의 특별한 관계도 아이들 앞에서 우습게 만드는 일이었다.

그렇지만, 녀석의 체면 손상으로 인한 상처가 아물자면, 그리하여 녀석과의 관계가 원래대로 회복되자면 약간의 시간이 필요했다. 그 시간 동안 내겐 또 다른 일이 일어났 다. 그 일은 참 공교로운 것이었다.

생각하면 피차 우스운 은기와의 신경전이 계속되는 가 운데 나는 새로 과외를 하게 되었다. 준희누나가 나를 가 르치는 일을 약속했던 한 달 만에 끝내자 나는 당분간 쉴 수밖에 없었다. 마땅히 과외를 할 만한 곳이 없었던 것이 다. 신경전 중이 아니었다 하더라도 은기는 제 팀에 나를 오라고 할 녀석이 아니었고 담임선생 팀엔 내가 갈 마음이 없었다.

그러던 어느 날이었다. 내가 과외를 하지 않고 있다는 것 안 한 녀석이 내게 물었다.

"너 내가 과외 하는 데서 안 할래?"

바로 내 앞자리에 앉은 녀석이었다. 그 녀석은 공부를 고작 보통보다 조금 더 잘하는 수준에 불과했기 때문에 나로선 평소에 별 관심이 없었다. 그런데 녀석의 제안엔 내 귀를 솔깃하게 하는 게 있었다.

"누가 가르치는데?"

"너 최주봉이 알지? 최주봉이 아버지가 가르쳐."

"최주봉이 아버지?"

최주봉이라면 은기와 나 사이를 뜻하지 않게 불편하게 한 바로 그 장본인이었다. 물론, 본인이야 그런 사정을 까맣게 모르겠지만.

"그럼 최주봉도 거기서 배우겠네?"

"그야 당연하지, 자기 아버지니까."

나는 최주봉이란 아이가 배우고 있는 과외 팀이라는 말에 마음이 쏠렸다. 모르긴 해도, 은기가 한 번도 이겨 보지 못한 최주봉이란 아이가 공부하는 팀이라면 괜찮은 과외 팀일 거라는 생각이 들어서였다. 최주봉이란 아이에 대한 호기심도 물론 있었다.

그런데 생각했던 것보다 최주봉 과외 팀은 엉성했다. 자세한 것은 몰랐지만, 첫 느낌부터가 그랬다. 최주봉은 학교에서 꽤 떨어진 곳에 살고 있었는데 골목으로 한참 들어간 집이 너무 초라했다. 키 낮은 낡은 지붕도 그렇고 벽이며 담장이 금방이라도 허물어질 듯했다. 아이들이 공부하고 있는 한쪽 방은 더 형편없었다. 채광이 잘 되지 않아 퀴퀴한 냄새가 나는 좁은 방안엔 몇 사람이 함께 앉는 긴 간이의자를 책상 삼아 아이들이 공부하고 있었다. 아이들은 우리 반이 아니어서 잘 모르겠지만 왠지 행색들이 남루했다. 그렇게 봐서 그런지 공부도 그다지 잘하는 아이들 같지가 않았다. 그런 느낌은 아이들을 가르치는 최주봉의 아버지도 마찬가지였다. 적어도 나이가 오십은 넘어 보이는 그는 빗질하지 않은 긴 머리가 아무렇게나 흐트러져 있었고 긴 얼굴에 주름이 가득해서 남을 가르치는 사람으로서의 정돈된 모습과는 거리가 멀었다.

다만 최주봉이라는 아이만이 조금 예외였다. 까무잡잡한 피부와 그보다 더 까만, 단추처럼 반짝반짝 빛나는 눈을 가지고 있는 그 아이는 상당히 얌전하고 착하며 영민해 보이는 인상이었다. 나는 그 최주봉이란 아이에 대한 첫인상을 별도로 한다면, 전체적인 분위기가 영 마음에 들지 않았지만 과외를 하겠다고 찾아가 놓고선 그런 이유들로 안 한다고는 할 수는 없었다.

과외 선생인 최주봉의 아버지가 가르치는 것도 지극히 평범했다. 교과서 내용에 대한 설명은 별로 없고 그저 문제를 풀고 답을 맞히는 식이었다. 그리고 틀린 문제에 대해서도 상세한 설명을 잘 하지 않았다. 그래서 문제를 많이 틀린 아이들의 경우 제대로 공부가 됐는지도 의문이 들 정도였다.

최주봉의 아버지는 외아들인 최주봉과 나이 차이가 많이 나 보였다. 확인되지 않은 사실이지만 아이들 중 누군가의 말에 의하면, 최주봉의 아버지는 일제시대 때부터 공부를 많이 한 사람인데 어쩌다가 공산주의자로 몰려 힘들게 살아왔으며 그 바람에 결혼도 늦게 했다는 것이었다. 그렇지만, 그 진의를 알 수 없으되 나는 최주봉의 아버지에 대한 이야기가 어떤 면으로든 많이 윤색되었을 서라는 느낌을 받았다. 구체적인 근거는 없지만 어쩐지 느낌이 그랬다.

그보다 나는 최주봉이란 아이의 실력이 궁금했다. 은기로 하여금 그토록 절치부심하게 했던 아이의 실력은 대체어느 정도일까. 은기와의 신경전을 끝내지 못하고 있는 나로선 정말 궁금하지 않을 수 없었다.

그렇지만 생각했던 것보다 최주봉이란 아이의 실력은 그다지 출중하지 않았다. 네 번인가 친 시험에서 나는 계속 98점을 받았고 그래서 평균도 98점이었다. 평균 98점은 최주봉 과외 팀에서 내가 최고였다. 나는 일부러 최주봉의 점수를 확인하지 않았다. 은기를 성질나게 만들었을 만큼 줄곧 전교 1등이었다는 최주봉의 기분을 고려했던 것이고, 또 가르치는 사람이 어쨌건 그 아이의 아버지였다. 그러므로 거기서 조금이라도 드러난 행동을 할 수는 없었다. 그랬다간 자칫하면 잘난 척한다는 소리를 들을지도 모르고 최주봉 아버지의 기분을 상하게 할 수도 있으니까.

최주봉의 집에 드나들고 일주일이 채 안 되었을 때였다. 학교에서 내 앞에 앉은 녀석이 물었다.

"다녀 보니까 어때?"

"글쎄, 조금 시끄러운 것 같잖아? 애들이 떠들어서…."

나는 무심코 그렇게 대답했다. 정말로 무심코.

주로 문제지를 바꿔가며 채점하는 게 일이었으므로 어쩜 시끄러운 게 당연했을 것이다.

아무튼, 내가 한 대답은 단지 그 말뿐이었다. 맹세코 그 말 이외의 어떤 말도 나는 하지 않았다. 달리 심각하게 대답할 사항도 아니었으므로.

그랬는데, 그 다음날이었다. 내 앞에 앉은 녀석이 말했다.

"과외 선생님이 오늘 좀 빨리 오래."

나는 녀석의 말대로 다른 날보다 삼십 분쯤 빨리 최주봉의 집으로 갔다. 그런데 다른 아이들은 아무도 없었다. 나를 앞에 두고 최주봉의 아버지가 말했다.

"넌 내일부터 나오지 말도록 해라."

"예?"

나는 무슨 말인가 싶었다.

"여길 그만 나오란 말이다."

최주봉의 아버지는 정색을 하고 말했는데 약간 화가 난 것 같기도 하고 일부러 나를 협박하는 것처럼 보이기도 했다. 그렇지만 도무지 나는 그런 말을 들을, 그리고 들어야 할 이유가 없었다.

"왜요, 이유가…?"

"그건 네가 더 잘 알 거 아니야?"

내가 더 잘 알다니. 나는 최주봉의 아버지가 무슨 말을 하는지 알 수가 없었다.

"전 뭐가 뭔지…."

"내 얘기 들었으면 그만 일어서서 돌아가도록 해."

이건 정말 해도 너무 한다 싶었다. 이유도 말하지 않고 당장 돌아가라니. 도대체 이게 무슨 경운가. 도대체 어른이 이럴 수는 없는 일이었다. 그렇지만, 최주봉 아버지의 이해할 수 없는 단호한 태도로 보아 더 이상 말을 붙여볼 여지가 없을 것 같았다.

나는 최주봉의 집을 나와 준영이집에 가서 잠시 놀다가 집으로 돌아갔다.

그 이튿날, 학교에 가자마자 앞에 앉은 녀석에게 물었다.

"네가 무슨 말 한 거지?"

"무슨 말?"

"내가 조금 시끄럽더란 말밖에 한 게 있어? 그건 사실 아냐? 그런데 도대체 네가 무슨 말을 어떻게 한 거야?"

"난 아무 말도 하지 않았어."

녀석이 난처한 얼굴을 하며 오리발을 내밀었다.

"아무 말도 하지 않았는데 최주봉 아버지가 나보고 나오지 말래?"

"네가 거길 별로 좋아하지 않는 것 같은데, 좋아하지 않으면서 굳이 나올 필요가 없다고…."

"그렇게 말했단 말이지?"

"응."

"그게 이유라는 거야?"

"응."

"내가 언제 거기가 싫다고 한 적 있어?"

"아니."

"그런데?"

"내가 아니라 과외 선생이 그렇게 말한 거라니까."

녀석은 끝까지 자기 책임은 없다는 식으로 발뺌을 했다. 나는 더 이상 녀석을 추궁하지 않았다. 어차피 치사하고 야비한 건 최주봉의 아버지였으니까. 그런데 최주봉의 아버지는 끝까지 옹졸하게 굴었다.

"그럼 어떻게 해? 과외비는?"

"네가 싫어서 나간 거니까 배운 만큼은 내야지."

"그것도 최주봉 아버지 이야기야?"

"응."

나는 실소를 했다. 일방적으로 쫓아내고 돈은 받으려 하다니.

"좋아, 알았어. 하지만 지금 당장은 못 내. 일주일 뒤에 줄 거니까 그렇게 전해."

그날 이후로 일주일가량 나는 학교를 마치면 도서실에서 책을 읽으며 시간을 보내다가 집으로 돌아가곤 했다.

일주일도 채 안 돼 과외 팀에서 쫓겨났다고 부모님께 말하기 어려웠다. 더구나 나는 쫓겨난 이유조차 몰랐다. 그런 상태에서 부모님께 괜히 잘못 말했다가는 문제만 더 복잡해질 수도 있었다. 그렇게 일주일가량 지난 뒤에 나는 반달치의 과외비를 앞에 앉은 녀석 편에 최주봉의 아버지에게 보냈다. 그렇지만 기분은 더러웠다.

내가 최주봉 아버지와 마찰이 있어서 그쪽 과외 팀을 그만두게 되었다는 사실을 알게 되면서 은기는 나와 벌이고 있던 신경전의 한쪽 끈을 먼저 놓았다. 덕분에 녀석과의 관계는 생각보다 빨리 원상회복되었다. 그리고 얼굴을 익히게 된 최주봉을 복도 같은 데서 가끔 보았다. 제 아버지 때문에 내가 상처를 입었는데도 최주봉은 나와 마주치면 눈에 선량한 웃음을 담고 아는 척을 했다. 나는 그 아이가 맘에 들었다.

그렇지만 끝내 나는 최주봉의 아버지가 내게 왜 그랬는지는 그 이유를 알지 못했다. 다만 나름대로 추측되는 부분이 있기는 했다. 가령, 최주봉의 아버지에게 아들은 삶의 유일한 희망이었는지도 몰랐다. 그리고 공부 잘하는 아들을 내세워 다른 아이들을 끌어 모을 수 있었는지도. 내가 보기에 최주봉을 제외한 다른 아이들은 대부분 공부가 시원치 않은 편이었다. 그럴 때, 최주봉과 비슷한 수준의 나는 최주봉 아버지의 입장에서 조금 불편했을 수도 있었을 것이다. 최주봉의 아버지는 그다지 공부를 많이 한 사람 같지는 않았으니까. 아니, 이건 순전히 내 추측에 불과할지도 몰랐다. 구체적인 사실로 확인된 게 아무 것도 없었던 만큼.

돌이며 생각해 보면, 최주봉은 은기가 신경을 곤두세울 정도로 뛰어난 아이는 아니었던 것 같다. 나와 잠시 같이 공부할 때도 그랬고 6학년에 올라가서도 아주 탁월하지는 않았다. 4학년 때까지는 어땠는지 몰라도. 뒷날의 일이지만, 은기와 내가 합격한 일류 중학교 입학시험에서도 최주봉은 실패했다.

중학교 3학년 땐가 나는 자전거를 타고 가다가 우연히 최주봉의 아버지를 보았다. 최주봉의 아버지는 길에 쪼그리고 앉아 노인들이 두는 장기판을 들여다보고 있었다. 그때 최주봉의 아버지는 초로에 접어들고 있는 그저 평범한 노인일 뿐이었다. 내게는 조금 초라한 모습으로 비친.

나는 더 이상 과외팀을 찾을 생각을 하지 않았다. 그러는 사이 어느덧 여름방학이 다가오고 있었다.

여름 동안

여름이 시작될 무렵부터 해서 방학이 끝나갈 때까지 사소한 몇 가지 일이 있었다.

우선, 방학이 시작되기 직전에 반별 합창대회가 있었다. 서른 명 가까운 우리 반 대표들도 강당 무대에 올라가 노래를 불렀다. 물론 그 속엔 은기도 포함됐다. 은기는 노래가 보통 수준이었지만 담임선생으로선 반장인 은기를 제외한다는 것은 상상도 못할 일이었다. 다른 이유에서지만 부반장인 원순이도. 반면, 대표로 뽑히지 못한 나는 강당 뒤쪽에 앉아 아이들이 노래 부르는 걸 지켜봐야 했다. 엿 같았다, 정말.

그렇지만, 뭐 전혀 소득이 없었던 건 아니었다. 5학년은
모두 여덟 반이었는데 1반부터 4반까지가 남학생이었고
5반부터 8반까지가 여학생이었다. 5반 차례에서 나는 그
반 여학생들이 노래 부르는 것을 조금 유심히 지켜보았다.
그 속에 한 여자아이가 특별하게 내 눈에 들어왔던 것이다.
멀리서 보기에도 얼굴이 하얗고 갸름한 아이였는데 몹시
얌전해 보였다. 항구도시에서 학교를 다닐 때부터 한 번도
여자아이들과 같은 반이 되어 수업을 해 본 적이 없던 나로
서는 그 여자아이를 보며 전에 없던 묘한 기분이 들었다.

그렇다고 그때까지 내가 여학생을 전혀 가까이 하지 않
았던 것은 아니었다. 아니, 솔직히 고백하건대 항구도시에
서 살 적에 나는 어떤 면에서 제법 조숙했다고 말할 수
있는 경험도 가지고 있었다.

초등학교 1학년 때였다. 우리 집 안채에는 같은 학년의
여자아이가 세 들어 살고 있었다. 그 여자아이네는 비록
남의 집에 세를 들어 살고 있긴 했지만 그다지 가난하지는
않은 것 같았다. 주위의 말로는 그 여자아이의 아버지가
기름장사를 해서 돈을 많이 번다고 했고 가족들의 씀씀이도
꽤 헤펐다. 그 여자아이는 별로 예쁘지 않았다. 어느 날이었

다. 무슨 생각에서였는지 나는 그 여자아이를 내 방으로 불렀다. 그리고 이불 속으로 데리고 들어가 그 여자아이와 입을 맞추었다. 그 여자아이는 순간적으로 놀라는 듯했지만 곧 가만히 있었다. 나는 한참 동안 그 여자아이에게서 입술을 떼지 않았다. 그 여자아이의 입술에선 아무런 느낌도 없었다. 스스로 생각해도 알 수가 없었다. 내가 왜 그랬는지, 왜 그런 마음을 먹게 되었는지. 일 년 뒤엔가 그 여자아이네가 이사 갈 때까지 나는 다시는 그러지 않았다.

초등학교 3학년이 끝나갈 무렵이었다. 나는 뒷집 여대생한테서 공부를 배우고 있었다. 그런데 그 여대생은 나말고 4학년 여자아이 둘을 더 가르쳤다. 그러니까 내가 문제를 푸는 동안 4학년 여자아이들을 가르치고, 그 여자아이들이 문제를 풀면 나를 가르치는 식이었다. 그 여자아이들 중 한 아이는 안경을 쓴 데다가 신경질적이었고 다른 아이는 얼굴이 몹시 하얗고 순한 성격이었다. 나는 안경 쓴 아이 때문에 골치가 아팠다. 사사건건 내게 시비를 걸었던 것이다. 이를테면, 자기가 새 옷을 입고 왔는데 내가 거기에 대해 아무 말도 안 한다든가 공부가 끝나고 돌아갈 때 집까지 안 바래다준다든가 하면서 쫑알대는 식이었다.

정말 성가시고 피곤한 아이였다. 그래서 하루는 할 수 없이 그 아이의 집까지 바래다주기로 했다. 그렇지만 우스운 일이었다. 3학년 아이가 4학년 아이를 집까지 바래다주다니. 더구나 그 아이의 집은 우리 집보다 꽤 멀었다. 나는 짜증이 났다. 그런데도 그 아이는 나를 골리는 것이 재밌기라도 하다는 듯 신나게 걸어 나갔다. 상점마다 노란 박꽃 같은 백열등이 휘황하게 켜진 거리를 그 아이와 함께 걸어가는 동안 나는 아무 말도 하지 않았다.

그날 집으로 돌아와 편지를 썼다. 그리고 다음 날 학교로 갔다. 방학 중인 학교는 조용했다. 나는 천천히 운동장을 가로질러 걸어 나갔다. 학교 운동장 끝에 교장선생의 사택이 있었다. 나는 계단을 올라가 대문을 두드리고 일하는 사람인 듯한 나이든 아줌마가 안에서 나오자 송인희 있느냐고 물었다. 지금 집에 없다는 대답이 돌아왔다. 나는 실망스런 기분으로 계단을 내려왔다. 함께 공부를 배우는, 얼굴이 하얗고 성격이 순한 송인희라는 여자아이는 교장선생의 딸이었다.

왜 편지를 쓸 생각을 했는지 모르겠다. 어쩌면, 온순하고 말 없는 그 아이에게서 어떤 신비감 같은 게 느껴졌던 건지도 몰랐다.

돌아오는 길에 편지를 찢었다. 그리고 찢은 편지를 흘러가는 도랑물에 버렸다. 그 여자아이와는 며칠 더 같이 공부했지만 특별히 주고받은 얘기가 없었다. 그러다가 겨울 방학이 끝나면서 헤어졌다. 그러므로 내가 편지를 써서 찾아간 것은, 그 애는 모르는 나만의 비밀이었다. 그 일이 추억으로 남았다. 예쁘기로 말하자면, 성깔 사나운 안경잡이 계집애쪽일 거라는 생각과 함께.

그러나 5반 여자아이들 중 한 아이를 조금 유심히 지켜보았다고 해서 특별히 달라진 건 없었다. 전학 온 나는 그 여자아이의 이름조차 몰랐고, 그렇다고 얼굴 생김을 설명하며 다른 아이들에게 그 여자아이가 누군지 물어볼 수는 더더욱 없었기 때문이었다. 그리고 합창대회가 끝난 후로도 그 여자아이와 마주친 적이 없었다. 5반부터 8반까지의 여학생 반들은 다른 계단을 이용했으므로 그쪽 복도로 갈 일이 없었던 것이다. 그러므로 그 아이에게 눈길이 머물렀던 것은 내게 어쩜 한 순간의 작은 사건에 불과한 것일 수도 있었다. 그렇지만, 나로선 내 가까이 있지 않은 누군가에게 관심을 가지게 된 첫 경험이었다. 그리고 그 첫 경험 때문인지 이후로 연이어 일어난 일들도 내겐 예사롭지 않았다.

합창대회가 끝나고 며칠 후 방학이 되었다. 내륙도시로 이사 온 후 첫 방학이었다. 방학이 되면서, 분지에 위치한 내륙도시 특유의 더위는 더욱 기승을 부렸고 덕분에 마당 한편에 있는 정원엔 칸나와 글라디올러스가 붉은 꽃을 피우며 쑥쑥 자라났다. 그래서 정원은 키 큰 화초들로 꽤 무성해 보였다.

아마 막 팔월로 접어든 어느 날 밤이었을 것이다. 아니, 밤이라기엔 조금 이른 시각이었다. 여덟 시가 넘었지만 해가 진 지가 얼마 되지 않아 초저녁 같았으니까. 그날 나는 저녁을 먹은 후 내 방 앞 툇마루에 나와 앉아 더위를 식히고 있었다. 그때였다. 별채 아저씨가 자전거를 끌고 들어와 마당 한쪽에 세워 놓더니 곧장 우물을 지나 별채 쪽으로 걸어갔다. 아마 퇴근하는 길인 모양이었다. 그러자 별채 바깥방 문지방에 앉아 있던 아줌마가 남편을 보며 일어섰다. 그런데 다음 장면이 정말 느닷없는 것이었다. 아저씨가 바깥방 문 앞까지 다다르자 아줌마는 그 자리에서 남편 품에 안기는 것이었다. 그것까진 그래도 좋았다. 하지만 그 정도가 아니었다. 아줌마를 품에 안은 아저씨는 곧바로 아줌마에게 입맞춤을 했다. 아니, 아저씨의 품에 안긴 아줌마가 유도한 것 같았다. 두 사람의 입맞춤은 꽤 오래 계속됐다. 그러므로 그저 퇴근 인사치레로 하는 것이 아니었다. 나는 문 앞에서 두 사람이 그러는 게 몹시 당혹스러웠다. 그때까지 나는 영화에서도 그런 장면이 나오면 지겹고 또는 민망해서 고개를 돌리는 편이었다.

방으로 들어가서 그래도 될 텐데….

별채는 방이 두 개였다. 바깥방은 문이 곧장 마당 쪽으로 나 있고 안방은 부엌을 거쳐서 들어가게 돼 있었다. 물론 바깥방 안엔 안방으로 통하는 문이 따로 또 있었다.

어두워서 남들이 보지 않는다고 생각했던 걸까. 그리고 툇마루에 앉아 있는 나를 보지 못했던 걸까.

두 사람은 잠시 후 바깥방 문을 통해 안으로 들어갔다.

나는 조금 전 예기치 않게 보았던 장면에 조금 얼떨떨하면서도 이상한 기분에 사로잡혔다. 그래서 나도 몰래 그 자리에서 일어섰다.

툇마루를 내려선 나는 곧장 마당을 가로질러 화단으로 올라갔다. 화단은 키 큰 칸나와 글라디올러스가 무성해서 내 몸 하나 숨기기는 데는 아무 문제가 없었다. 나는 화초들을 헤치며 앞으로 나아갔다. 그리고 별채 부엌으로 난 들창으로 시선을 고정시켰다. 들창으로는 문이 열려진 안방이 다 들여다보였다. 방 안에선 가슴을 드러낸 아줌마가 벽에 등을 기댄 채 앉아 있었고 아줌마의 가슴에 아저씨가 얼굴을 묻고 있었다. 아저씨는 젖을 먹는 아기처럼 아줌마의 가슴을 입에 물고 있었다.

한참 동안 나는 그 광경을 지켜보았다. 까닭 없이 호흡이 가빠져오며 손에 땀이 배었다. 그리고 어느 순간 재빨리 몸을 일으켜 화단을 빠져 나왔다. 더 이상 그 장면을 지켜볼 자신이 없었던 것이다.

다시 마당을 가로질러 내 방으로 돌아왔을 때 나는 길게 안도의 한숨을 내쉬었다. 안도의 한숨이라고 한 것은 계속 그곳에 있었으면 뭔가 내가 보아선 안 될 어떤 장면을 볼 수도 있었을 게 틀림없었기 때문이었다. 그렇지만, 책상 앞에 앉아 안도의 한숨을 내쉬면서도 방금 본 별채 아줌마의 하얗고 풍만한 가슴이 눈앞에서 지워지지 않았다. 그 순간, 문득 떠오르는 얼굴이 있었다. 그것은 대단히 유감스럽게도… 준희누나의 얼굴이었다.

그날 밤 나는 꿈을 꾸었다. 꿈속에서 준희누나가 가슴을 풀고 나를 안아 주었는데 나는 아기가 아니라 그녀의 남편이었다.

별채 아줌마는, 글쎄 별로 좋은 여자라고 말하긴 힘들

것이다. 별채는 우물 뒤 왼쪽 편 담벼락에 붙어 있는 방 두 개짜리 건물로, 학기 초에 지금은 8반 선생이 된 당시의 담임선생이 보러 왔다가 도망치듯 다녀간 후 다른 사람에게 세를 놓았었다. 삼십쯤 된 듯한 부부였는데 아저씨는 근처 주류 도매상에서 일을 한다고 했고 아줌마는 그냥 평범한 주부였다. 아저씨는 평소 늘 바쁜지 얼굴 보기가 힘들었으며, 그래서 아줌마를 더 자주 볼 수 있었다. 아줌마는 웃음이 좀 헤픈 여자였다. 그리고 유난히 입술을 빨갛게 칠을 해서 그다지 미운 편이 아닌 얼굴이 오히려 약간 천하게 보였다.

그런데 아줌마에겐 다소 문제가 있었다. 그건 어쩜 나만 아는 사실일지도 모르겠는데, 아줌마에게 일종의 도벽이 있었던 것이다. 언젠가 나는 김치가 종종 없어진다고 식모 누나가 말하는 걸 들은 적이 있었다. 그런데 김치뿐만 아니라 된장도 자주 없어졌다. 그러던 어느 날이었다. 그것도 낮이었다. 나는 우연히 별채 아줌마가 우리 집 장독을 열어 된장을 퍼 가는 것을 보았다. 아줌마는 별채 부엌에서 나와 주변을 한번 둘러보고는 장독간으로 가더니 스스럼없이 우리 집 장독을 열고 마치 제 것처럼 된장을 퍼 담고는 다시 안으로 들어가는 것이었다. 결국, 그동안 김치나 된장이 없어진 게 별채 아줌마의 소행이었음이 드러난 셈이었다.

그렇지만 처음엔 별채 아줌마의 행동을 조금 이해할 수가 없었다. 할머니가 시골서 사셨던 관계로, 우리 식구들은 그곳 친척들이 보내 온 된장을 먹었다. 할머니는 별채 아줌마를 포함해서 양장점 아줌마, 그 옆 가게인 소리사의 아줌마까지, 주위사람들에게 시골된장을 맛보라고 가끔씩 나눠 주시곤 했다. 그랬으므로, 별채 아줌마가 그럴 이유가 뭔가 싶었다. 물론 나중에는 그 이유를 짐작하게 되었지만. 내가 보기로, 별채 아줌마는 우리 집 된장을 조금씩 얻어먹는 게 아니라 전적으로 자기 것처럼 대놓고 먹고 있었던 것이다.

그렇지만 나는 그 사실을 식모 누나에게도, 그리고 어머니와 할머니에게도 말하지 않았다. 왜냐하면, 나는 평소 된장을 싫어하는 식성이었으므로 그것을 누가 먹든지 상관없는 일이기 때문이었다. 그러나 어쨌건, 별채 아줌마의 문제 있는 행동은 알고 있었던 것이다.

그런데 정말 문제는 어느 날부턴가 그 별채 아줌마가 내게 의미 있는 웃음을 보내기 시작했다는 사실이었다. 나는 가슴이 덜컥 내려앉는 것 같았다. 어쩜 그동안의 내 행동이 탄로 난 게 아닌가 싶어서였다.

처음, 별채 아줌마와 아저씨의 그 느닷없는 장면을 본 후로 나는 밤이면 자주 화단으로 숨어 들어갔다. 혹시나 그 비슷한 장면을 다시 볼 수 있을까 싶어서였다. 내 예상은 어느 정도 맞아떨어졌다. 아저씨는 퇴근하는 시각이면 바깥방 문 앞에서 아줌마와 짙은 포옹을 했고 그 포옹은 더러는 안방에 들어가서까지 이어졌다. 그 광경을 볼 때마다 나는 더운 피가 한곳으로 몰리는 느낌에 많이 힘들었다. 그렇지만 싫지는 않았다. 그런데 며칠 후부터는 아줌마는 아저씨가 퇴근을 하는 시각에 바깥방 문 앞에서 기다리지 않았고 들창으로 보이는 안방 문도 닫혀져 있었다. 나는 괜시리 목이 말랐다.

혹시 밤마다 내가 화단 안으로 숨어들었던 사실을 알고 있는 게 아닐까.

아니나 다를까, 아줌마는 그 후로 마치 그 사실을 알고 있다는 듯이 나를 보면 헤실거리는 웃음을 던지곤 했다.

그런데 더 나를 곤혹스럽게 한 것은 아줌마의 그 다음 행동이었다. 내게 의미심장하고 야릇한 웃음을 보낸 후로 아줌마의 행동은 전보다 훨씬 거침없어졌다. 가령, 내가 툇마루에라도 나와 앉아 있으면 우물가에서 빨래를 하다가도 땀을 훔치는 척하며 한 손으로 가슴 위를 노골적으로 쓸어내리는 시늉을 했다. 어쩜 내가 나와 있는 것을 알고 보란 듯이 일부러 옷 위로 가슴도 반쯤이나 드러내고 있는 것 같았다. 그런가 하면 빨래를 하느라 쪼그리고 앉아 있는 바람에 치마가 허벅지 위까지 말려 올라가도 아랑곳하지 않았다. 그러다가 나와 눈을 맞추고는 배시시 웃었다.

나는 직감했다. 아줌마가 나를 데리고 장난치고 있다는 것을.

아줌마는 내가 보고 있는데도, 아니 나를 빤히 보면서 우리 집 장독을 열고 된장을 퍼 가곤 했다. 나는 심히 무안을 당하는 느낌이었다. 아마, 내가 아무 말도 못할 거라는 걸 알고 그러는 것일 터였다

나는 더 이상 무안을 당하지 않기 위해서 어려운 결단을 내렸다. 더 이상 밤에 화단으로 숨어 들어가지 않기로. 뿐만 아니라, 낮에도 아줌마가 우물가에서 빨래를 하고 있으면 방 밖으로 나가지 않기로.

나는 그 어려운 결단을 실행에 옮겼다. 그런 의미에서 나는 나이에 비해 제법 강한 자제력을 가지고 있었다고 말해도 좋을 터였다. 그러나 그 자제력이란 따지고 보면, 별채 아줌마에 대한 두려움의 결과일 수도 있었다. 별채 아줌마의 행동이 앞으로 어떤 식으로 진전될지 도무지 갈

피를 잡을 수 없었던 것이다. 대신 내 관심은 다른 데로 옮아갔다.

  학교 앞에는 문방구점이 여럿 있었다. 그 중에 두 문방구점은 내가 보기에도 이상한 점이 느껴졌다. 우선 정문 옆 문방구점은 주인아저씨가 조금 바보 같았다. 사람들의 얘기론 아저씨의 부모가 시골에서 꽤 부자라고 했다. 그런데 아저씨가 어릴 때 한약을 잘못 먹어서 뇌에 열이 뻗쳤고 그 바람에 지능이 떨어졌다는 것이었다. 그래서 아저씨 혼자서는 살아가기가 힘들어 그의 부모가 이웃 마을에 있는 가난한 집에 논밭떼기 등 한 재산을 안겨 주고 그 집 딸과 결혼시켜 도시로 내보냈다고 했다. 아저씨는 우리를 보면 무조건 히죽거리며 웃었으며 돈 계산도 잘 하지 못해 우리가 주는 대로 받았다. 반면에 가난한 시골집 딸이었다는 아줌마는 참 착한 사람이었다. 늘 우리들에게 친절했고 물건값도 잘 깎아 주었다. 아저씨와 아줌마 사이에는 나보다 몇 살 어린 듯한 딸 하나와 아들 하나가 있었는데 둘 다 정상적으로 보였다. 따라서 아저씨가 원래 저능했다기보다 소문대로 어릴 때 약을 잘못 먹은 바람에 그렇게 된 게 맞는 것 같았다. 평소 아저씨는 말을 더듬고 행동이

굼뜰 때도 많았지만 아줌마는 성격이 밝고 싹싹했다. 그래서 대체로 그 가족들은 행복해 보였다. 그렇지만 사람들은 행복해 보이는 그들을 두고도 아주 말이 없지는 않았다. 이를테면, 아줌마가 친정을 먹여 살리는 착한 사람임에는 틀림없지만 약간 모자라는 남편을 데리고 살면서 정말 행복할까, 혹은 그래도 애들 표정에 구김살이 없는 걸 보면 신통하다는 등등. 그리고 아줌마가 멀쩡하게 자식을 낳은 걸 보면 그런 남자와도 사랑이 가능하긴 한 거 같다면서 킥킥 웃기도 했다. 그렇게 웃은 건, 언젠가 양장점 아줌마와 수군대던 별채 여자였다. 그 말을 기억하고 있던 터라 나는 그 문방구점 아줌마가 새롭게 보이기 시작했다.

학교 앞, 길 건너편 문방구점에도 부부가 살았다. 그 부부는 학교 정문 옆 문방구점 부부보다 조금 더 젊은 편이었는데 아직 자식은 없었다. 아저씨는 시골 농부처럼 검은 살결에 건장하고 약간 무뚝뚝한 편인 반면 아줌마는 키가 조금 작지만 가냘프고 자색이 꽤 고왔다. 그래서 얼핏 저런 아줌마가 왜 시골 머슴 같은 남자와 살까 싶을 정도였다. 그런데도 오히려 아저씨는 아줌마에게 뭔가 못마땅한 게 있는지 뚱한 표정일 때가 많았고 아줌마는 아줌마대로 자주 우울하거나 근심 어린 얼굴이었다. 그런 만큼 두 사람 사이엔 정문 옆 문방구점 부부처럼 단란한 분위기 같은 게 없었다. 아무튼 두 사람은 조금 건조한 부부 같았다.

아이들은 학교 정문에서 길을 건너는 게 귀찮기도 했지만, 무뚝뚝한 아저씨가 있는 건너편 문방구점보다 물건값을 잘 깎아 주는 정문 옆 문방구점을 더 많이 이용했다. 그건 나도 그랬다, 별채 아줌마가 나를 상대로 장난을 치기 전까지는.

그러나 별채 아줌마를 피하게 되면서 이상하게 나는 학교 정문 건너편 문방구점을 자주 찾게 되었다. 물론 그것은 그쪽 문방구점 아줌마가 정문 옆 아줌마보다 더 예쁘다는 점 때문이기도 했을 것이다. 그렇지만, 그보다 그늘진 아줌마의 모습에 새삼스레 관심이 갔고 그런 모습을 자꾸만 보고 싶어졌다.

생각할수록 알 수 없는 것은, 비정상적인 남자와 사는 정문 옆 아줌마는 행복해 보이는데 정상적인 남자와 사는 정문 건너편 아줌마는 왜 불행해 보이느냐 하는 것이었다. 그리고 더욱 모르겠는 것은 그 불행해 보이는 아줌마에게 관심이 가는 나 자신이었다. 그렇다고 그 아줌마가 좋았다거나 맘이 끌리는 건 아니었다.

그러나 분명한 것은 그 아줌마로 인해 내가 자주 혼란스러워지곤 했다는 사실이었다. 아, 이런 말을 해도 좋을까. 아줌마를 보면 자꾸만 별채 아줌마가 떠올랐던 것이다. 아니, 좀 더 솔직히 그리고 구체적으로 말하자면, 한복이나 여름 투피스를 입고 있는 아줌마의 가슴에서 별채 아줌마의 하얀 가슴이 겹쳐 보였던 것이다. 그것은 전에 없던 일이었다. 그러므로 두렵게 느껴지기로 말하면 그 아줌마도 별채 아줌마 못지않다고 할 수 있었다. 그럼에도 불구하고 내가 그 문방구점을 계속 가게 된 것은 고백하건대, 그 아줌마의 가냘픈 모습이 준희누나의 어떤 부분과 일치하고 있었기 때문이었다.

방학이 거의 끝나갈 무렵이었다. 임시 소집일이라서 학교에 갔다가 막 정문을 나올 때였다. 준희누나가 정문 앞을 지나가고 있었다.

"준희누나!"

내가 큰 소리로 부르자 준희누나가 돌아다보며 내 쪽으로 다가왔다.

"아, 윤규. 오랜만이네. 웬일이니?"

"오늘 학교 오는 날이라서요."

"그랬구나. 난 시내에 책 사러 갔다가 들어가는 길이야."

방학이어서인지 준희누나는 교복 대신 얇은 천으로 된 하늘색 투피스 차림이었다. 팔월의 뜨거운 햇살이 잠자리 날개 같은 그 투피스를 뚫고 지나가고 있었다. 그 햇살에 나는 목이 말랐다.

"공부 잘하지?"

준희누나가 하얀 얼굴에 환한 웃음을 담고 물었다.

"예, 그냥⋯."

"요즘 공부 배우러 어디 다녀?"

"안 다녀요."

"과외 안 해?"

"예."

"그럼, 내가 그만 둔 후로 안 한다는 거야?"

"예."

"그럼 어떡해⋯?"

내 대답에 준희누나는 마치 자신이 잘못하기라도 한 양 두 눈에 걱정의 빛이 서렸다. 준희누나가 나를 가르치는 걸 그만둔 후로 나는 최주봉 아버지한테서 잠시 배운 적이 있지만 굳이 그 말을 하지 않았다.

"이 학기가 되면 다시 시작하죠, 뭐."

"그래. 나도 좋은 데 알아봐 줄게."

그때였다. 무심코 내 뒤쪽으로 옮겨가던 준희누나의 눈빛이 갑자기 흔들리기 시작했다. 나는 뭔가 싶어 뒤를 돌아다보았다. 길 건너편 문방구점 앞에 사람들이 모여들어 있었다. 무슨 일이 일어난 것 같았다.

"무슨 일이죠?"

"글쎄…."

"한번 가 봐요."

"글쎄…."

나는 준희누나의 손을 끌며 서둘러 횡단보도를 건넜다. 우리가 길을 건너는 사이에도 문방구점 앞으로 사람들이 몰려들고 있었다.

준희누나와 내가 당도했을 땐 문방구점 앞은 모여든 사람들로 가려져 안에 무슨 일이 벌어졌는지 알 수가 없었다. 나는 사람들 겨드랑이 사이를 헤집고 안쪽으로 들어갔다. 그리고 맨 앞쪽으로 다가간 순간 벌어진 입을 다물지 못했다.

문방구점 안에는 아줌마가 바닥에 누워 있었다. 그냥 누워 있는 게 아니고 아줌마는 상의가 다 풀어헤쳐진 채 어깨며 가슴이 다 드러난 모습이었다. 내 눈에 들어온 모든 게 하얬다. 입술 빛깔 같은 연분홍 꼭지를 달고 있는 아줌마의 두 가슴이 그랬고 좁은 두 어깨도 그랬다. 뿐만이 아니었다. 아줌마는 두 눈자위가 하얗게 뒤집어진 채 입에서도 흰 거품을 뿜고 있었다.

아저씨는 바닥에 주저앉아, 낚시 바늘에 꿰어져 뭍으로 올라와 퍼덕이는 물고기처럼 온 몸을 뒤틀고 있는 아줌마를 마구 흔들고 있었다. 그러나 아줌마는 계속해서 몸을 뒤틀면서 입 밖으로 하얀 거품을 내뿜었다. 나는 왈칵 눈물이 솟구쳤다.

"아…!"

나는 무섭고 겁이 나 비명을 지르며 얼굴을 뒤로 돌렸다. 그러자 준희누나가 내 뒷머리를 감싸 안았다. 준희누나의 품에 얼굴을 묻는 순간 눈앞이 캄캄해졌다. 동시에 모든 소리가 잦아들면서 세상이 고요해진 듯한 느낌이 왔다. 그것은 순전히 준희누나의 가슴이 아늑한 탓이라고 나는 생각했다. 한참을 준희누나의 가슴에 눈물을 뿌리며 나는 그러고 있었다.

이윽고 다시금 주위의 소리가 되살아나고 의식이 돌아왔을 때 귓전에 전해지는 둔중한 울림이 있었다. 그것은 준희누나의 가슴 깊은 곳에서 전해지는 불규칙한 맥박소리였다.

적과의 동침

내가 담임선생을 두려워하지 않을 수 있었던 것은 어쨌
건 일정 부분 반장인 은기 덕분일 것이다.

뭐, 그렇다고 은기가 없었다면 내가 담임선생에게 그저
고분고분했을 거라는 말은 아니다. 그러니까 말하자면, 담
임선생의 불공평하고 편협하며 옹졸한 처사에 크게 신경
쓰지 않을 수 있었던 것은 아무래도 은기의 담임선생에
대한 대응에서 보여지는 오만에 기초한 대범함에 힘입은
바가 적지 않았을 거라는 얘기다. 담임선생은 은기가 자신
의 통제를 고스란히 따를 녀석이 아님을 알고 있었고, 따
라서 애써 통제하려 하지 않음으로써 담임으로서의 권위

를 유지하고자 했다. 그리고 그런 양상을 지켜보며 나는 담임선생이 고양이일지언정 결코 호랑이가 못 된다는 것을 알았다.

그랬으므로, 학기 초에 가졌던 담임선생에 대한 내 전의(戰意)는 여름방학을 고비로 많이 수그러들었다. 나 역시 쩨쩨한 인간이긴 해도 적어도 고양이를 상대로 발톱을 갈 수는 없는 일이었다. 즉, 부당한 핍박이 지속적으로 가해질 때 혁명을 피할 수는 없지 않겠느냐는 게 처음 생각이었지만 그게 호랑이가 아닌 고양이에 의한 것이라면 당하는 입장에서도 조금 싱거워지는 것이었다. 그리하여 나는, 어떤 경우가 되면 담임선생을 상대로 한번 해 보는 것도 결코 나쁘지 않을지도 모른다면서 품었던 혁명의 의지를 접었다. 대신 살아가는 동안 언젠가 그런 계기를 갖게 되면 그땐 정말 제대로 한번 해 보겠다는 기약을 하면서.

내가 그런 진전된 생각을 하게 된 것은 이 학기가 시작되면서 형식적으로나마 담임선생과 가깝게 생활하게 되었기 때문이었다. 다시 말해, 이 학기부터 담임선생에게서 과외를 하게 되었던 것이다. 그리고 담임선생에게서 과외를 하게 되었다는 것은 그동안의 불화의 요인들이 어느 정도 제거되었다는 뜻이기도 했다. 물론, 그렇다고 해서 담임선생과 나 사이에 이미 깊이 패어져 있는 골이 말끔하게 메꾸어진 것은 아니지만.

학기 초, 담임선생의 나에 대한 조잡한 대응은 나름대로는 이유가 없었던 건 아니었다. 그 이유 또한 유치한 것이었지만.

지난해에 4학년을 담당했던 담임선생은 새 학기엔 5학년 1반을 맡기로 교감선생과 교무주임선생과 잠정적으로 약속이 돼 있었던 모양이었다. 그랬는데 느닷없이 5학년 8반으로 담임이 배정된 건 어느 정도 아버지 탓도 있었다. 내가 아직 항구도시에서 학교를 다니고 있던 지난 이월, 아버지는 먼저 이 도시로 왔었고 내 전학 문제로 미리 교장실로 찾아가 교장선생과 교감선생, 교무주임선생을 만났다. 그리고 그 자리에서 교무주임선생이 자연스럽게 나를 1반으로 배정하게 되었다.

그런데 한 선생이 결재를 맡으러 교장실로 들어왔다. 그 선생이 바로 처음 5학년 1반을 담임했다가 나중에 8반으로 옮겨간 선생이었다. 그 선생이 1반 담임을 하게 된 것은 아버지 때문이었다. 통성명을 하는 과정에서 그 선생이 고향도 같고 성씨도 같다는 걸 알게 된 아버지는 교장선생 등을 대접하는 저녁식사 자리에 그 선생을 포함시켰다.

그리고 그 자리에서 그 선생에게 내가 배정된 1반을 맡아 주면 좋겠다고 했던 것이다. 그러자, 교감선생과 교무주임 선생은 현재 담임선생과의 약속을 잊었던 건지, 아니면 무시해도 무방한 약속이라고 생각한 건지 그 선생을 아버지가 원한 대로 1반 담임을 맡기기로 했다.

그러나 새 학기가 시작되고 1반을 맡지 못하게 된 현재 담임선생의 반발이 의외로 강력했던 모양이었다. 그래서 결국 일주일 만에 그 선생은 8반으로 가고 8반을 맡았던 담임선생이 우리 반을 맡게 된 것이었다.

담임선생이 바뀌기 전까지의 얘긴 나는 이미 학기 초에 아버지에게서 들어 알고 있었다. 그렇지만 현재 담임선생이 교감선생과 교무주임선생에게 강력하게 이의를 제기해서 우리 반을 맡게 되었다는 사실은 그보다 훨씬 나중에 알았다.

담임선생이 왜 악착같이 1반을 맡으려고 했는지는 정확하게 알 수가 없었다. 아버지는 어떤 학년이든지 1반 담임이 학년 주임이기 때문에 그랬을지도 모르겠다고 했다. 그렇지만 8반을 담임하면서도 굳이 학년 주임을 하자면 못하란 법은 없을 터였다. 그보다는 아이들의 말이 좀 더 설득력이 있는 것일지도 몰랐다. 아이들의 말에 의하면,

담임선생은 원순이를 3학년 때부터 4학년 때까지 이 년간 담임했었다고 했다. 그리고 5학년에서도 계속 원순이를 맡을 예정이었다는 것이었다.

그 말이 사실이라면, 담임선생이 애써 1반 담임을 맡으려는 약간의 이유가 생기는 셈이었다. 그렇다면 담임선생은 왜 기를 쓰고 원순이를 담임하려고 한 걸까. 아이들 얘기론, 원순이 부모가 부탁을 했다고 했다. 그럼, 원순이의 부모는 왜 원순이를 담임선생에게만 맡기려는 걸까. 그 점에 대해서 아이들은 돌려서 이야기했다. 즉, 담임선생은 원순이 부모에게 몹시 약하다는 것이었다. 그리고 그것은 원순이네가 엄청난 부자이기 때문이라는 것이었다. 글쎄, 아이들의 말을 어느 정도 믿어야 할지 모르겠지만 원순이네가 부자란 것만큼은 사실이었다. 우리 집도 제법 여유가 있는 편이긴 해도 원순이네와는 비교가 안 되었다. 원순이네는 보통 부자가 아니라 방직공장 등 몇 개의 공장을 가진, 시내에서도 손꼽히는 상당히 큰 부자였다.

그런 이유에선지 어쩐지는 몰라도, 담임선생도 나를 자신의 과외 팀에 받아들이는 게 썩 탐탁한 것 같지는 않았다. 내가 있으면 원순이가 공부든 다른 면에서든 아무래도 돋보이긴 쉽지 않을 테니까. 그 점은 나도 마찬가지였다. 나 역시 껄끄러운 사이인 담임선생한테서 과외를 한다는 것은 불편할 수밖에 없었다. 그럼에도 불구하고, 담임선생에게서 과외를 하게 된 것은 아버지 때문이었다. 개학을 며칠 앞두고 아버지는 일 학기가 시작되기 전처럼 교장선생과 교감선생, 교무주임선생과 식사하는 자리를 마련하고 담임선생도 불렀다. 그리고 그 자리에서 담임선생에게 과외를 부탁했던 것이다. 그럴 때, 담임선생으로서도 그 부탁이 별로 내키진 않았겠지만 차마 거절하긴 힘들었을 것이다.

나로선 그랬다. 담임선생한테서 과외를 받지 않겠다고 하려면 아버지에게 그동안 학교에서 있었던 일들을 시시콜콜하게 얘기해야 하는데 그것은 구차한 일이었다. 그보다는 차라리 과외를 받는 편이 나았다. 그리고 이미 호랑이가 아니라 고양이로 여겨지는 담임선생인데 좀 불편한들 뭐 대수겠느냐는 마음도 있었다.

아무튼, 이 학기 개학 첫날 나는 은기에게 담임선생한테 과외를 하게 되었다는 사실을 알렸다. 나중에 다른 아이들을 통해서 듣는 것보다 내가 먼저 말하는 편이 나을 성싶어서였다.

"그래?"

내 말에 은기는 콧바람 소리를 내며 씩 웃었다. 반쯤 비웃는 태도였다. 나는 심사가 뒤틀렸다. 녀석이 짐짓 감추려는 척하면서도 실은 상대방에게 전달하려는 속내를 짐작 못할 내가 아니었던 것이다. 녀석의 웃음은 '너도 결국 그쪽으로 갔구나' 하는 뜻이었다. 녀석이 못 됐다는 게 바로 그런 점 때문이었다. 녀석은 내가 좋아서 담임선생한테로 간 게 아니라는 것을 알고 있었다. 더구나 내가 과외를 하지 않고 있는 걸 보면서도 자기 과외 팀에 들어오라고는 빈말로도 하지 않았었다. 그런데도 그렇게 한번 은근히 비꼬아 보는 것이었다. 그리고 내가 녀석의 그런 속내를 꿰뚫어 보고 있는 걸 모르지 않으면서도 어쨌건 그런 식으로 한번 상대방의 심사를 일부러 흔들어 놓는 것이었다.

"내가 그쪽으로 가면 담임이 더 피곤하겠지, 뭐."

"그래, 그런 점은 있을 거야."

은기는 잠시 고개를 끄덕이더니 엉뚱한 소리를 했다.

"그런데 말이야. 이 학기엔 네가 부반장을 하는 게 어때?"

"뭐, 부반장?"

"응, 부반장을 네가 해. 몽키 대신 말이야. 그러면 담임 선생이 어떻게 나오는지 볼 만할 거 아냐?"

나는 재밌겠다 싶었다. 그러나 고개를 저었다.

"내가 부반장을 왜 해?"

"어쨌든 너도 그쪽 팀이 되는 거니까 담임으로서도 네가 부반장이 되는 것에 대해서 뭐라고 할 수 없지 않겠어?"

녀석은 손 안 대고 코 풀려는 것이었다. 즉, 자기는 뒤로 빠지면서 나를 앞세워 담임선생을 한번 또 슬쩍 쑤셔 볼 생각인 것이었다.

"넌 그게 재미있을 거라고 생각해?"

"그럼 재밌잖구?

"그러나 그 재민 얼마 못 가."

"무슨 말이야?"

은기는 조금 자존심이 상한 듯 얼굴을 찡그렸다. 나는 녀석처럼 콧김 빠지는 소리를 내는 대신 입가에만 살짝 웃음을 걸었다.

"상대는 호랑이가 아니라 고양이야. 그러니까 그냥 하는 대로 내버려두고 보는 거야. 그게 더 재밌어. 오래 볼 수도 있고. 안 그래? 그렇게 생각 안 돼?"

"딴은!"

은기는 지긋한 눈으로 나를 바라보며 또 씨익 웃었다. 녀석의 그런 표정도 나는 맘에 안 들었다. 그 웃음이 우리

둘만의 동류의식에서 나온 것인지 아니면, '너도 그런 생각을 할 줄 아는군' 하는 뜻인지 분간이 제대로 되지 않았던 것이다.

그보다 나는 절대로 부반장을 할 수 없었다. 부반장이라니. 녀석은 나더러 왜 반장을 하라고는 하지 않는 것인가. 그것은 녀석이 반장이 아닌 직책은 자기 졸(卒)로 본다는 뜻이나 다름없었다. 그러니까 결국 내가 부반장을 하면, 녀석이 의도했건 하지 않았건, 녀석의 꼬붕이 되고 마는 것이었다.

대신 나는 다른 방식으로 은기에게 일종의 동류의식과 우정의 증거를 선사했다. 그것은 담임선생의 과외 내용 공개였다.

담임선생의 과외라고 특별한 건 없었다. 교과서 내용을 간단하게 설명하고 문제집을 풀게 하는 게 여느 과외와 크게 다르지 않았다. 결국 과외란 게 그랬다. 집에 있으면 그냥 놀지만 과외란 일정한 시간을 공부할 수 있게 하는 것에 지나지 않는 것이었다.

그런데 담임선생은 평소에는 우리에게 시중에 나와 있는 문제집을 풀게 하지만 한 달에 한 번 정도는 손수 여러 문제집에서 문제를 골라 프린트한 것을 풀게 했다. 나는 그것이 그동안의 요약정리이자 이른바 월말시험의 예상문제라는 것을 직감할 수 있었다. 그리고 그 예상문제 프린트는 담임선생에게서 과외를 받는 아이들이 누릴 수 있는 특별한 혜택이라는 것도.

그때마다 나는 은기를 집으로 불렀다. 그리고 담임선생이 만든 프린트를 보여 주곤 했다.

은기는 처음에는 그런 내게 고마워했다. 그리고 제법 꼼꼼히 프린트의 문제들을 살펴보곤 했다. 그러나 조금 지나서부터는 건성이 되었다. 즉, 얼마 후부터는 대충 한 번 훑어보고 마는 것이었다. 물론, 그것은 어쩜 너무도 당연한 일이었다. 담임선생이 정리한 예상문제라고 특별한 게 있을 리 없었고, 따로 과외를 하고 또 공부를 잘하는 은기로서는 이미 다 아는 것들일 게 뻔했기 때문이었다.

나도 마찬가지였다. 녀석에게 예상문제 프린트를 보여 준 것은 특별히 녀석이 모르는 문제를 알려 주기 위해서라기보다 내가 담임선생한테서 배우는 게 별다른 게 아니라는 것을 일깨워 주면서 혹시라도 생길 수 있는 오해의 소지를 없애기 위해서였을지도 몰랐다.

그러나 은기에게는 별로 중요하지 않은 그 예상문제 프

린트가 전혀 가치가 없는 것은 아니었다. 은기와 나를 제외한, 담임선생에게서 과외를 받지 않는 몇몇 아이들에겐 꽤 소중한 가치를 지니고 있었다. 나는 일요일엔 그 프린트를 가지고 준영이 집으로 갔다. 거기엔 준영이를 비롯해 일 학기 초에 준희누나에게 공부를 배우던 아이들이 모여 나를 기다리고 있었다. 그리고 내가 가지고 온 프린트 문제를 풀다가 모르는 것이 있으면 준희누나에게 묻곤 했다. 그러니까 담임선생의 과외 내용 중 중요한 부분이 나로 하여금 일부 아이들에게나마 공개되는 셈이었다. 그렇지만 그 일부 아이들이야말로 그 프린트를 원하는 전부이기도 했다. 나는 꼭 그 프린트가 아니더라도 준영이 집에 놀러가지 못할 것은 없지만 그것 때문에 더욱 당당히 준희누나를 볼 수 있었다. 아이들이 문제를 풀 동안 나는 준희누나와 함께 얘기를 나누며 놀았다. 준희누나와 함께 있으면 어쩔 수 없이 지난여름의 기억이 되살아나곤 했다. 엉겁결에 그녀의 가슴에 얼굴을 묻게 되었고 그녀가 그런 나의 뒷머리를 감싸 안아주는 동안 그녀의 가슴 속에서 울려 퍼지는 생생한 맥박소리를 듣던 그 기억이….

원래 탐탁지 않았던 데다가, 일종의 기밀이랄 수 있는

예상문제까지 그렇게 다른 아이들에게 공개했으니 담임선생의 나에 대한 시선이 고울 리 없을 건 너무도 당연했다. 나는 나에 대한 담임선생의 따가운 시선을 수시로 느꼈다. 그렇지만 그게 전처럼 중압감 같은 것으로 나를 압박하지는 않았다. 고통도 단련되면 무감각해지는 법이었다. 아니, 그게 아니었다. 나는 어떤 의미로 즐기고 있었다. 나에 대한 가해가 더 이상 고통이 아닐 때, 그때 바라보는 가해자의 모습은 오히려, 대체로, 그런 대로 볼 만한 것이었으니까.

내가 담임선생에게 과외를 한 것은 심심했기 때문이었다. 솔직히 말해, 학교 수업을 파한 오후 서너 시부터 밤늦게까지 달리 뭘 하며 시간을 보낼 것인가. 그러니까 과외란 그저 시간을 죽이기 위한 하나의 습관과도 같은 것이었다. 누구에게 배우든 간에.

그렇지만 나는 담임선생으로부터 나오는 모든 정보는 아이들이 공유해야 된다고 생각했다. 왜냐하면 담임선생은 몇 명의 과외 선생이기 전에 우리 모두의 담임이었으니까. 내가 담임선생의 못마땅해 하는 표정과 여러 차례 맞닥뜨리면서도 끝까지 아이들에게 예상문제를 제공한 것은 그래서였다. 그리고 그 점이 내가 은기와 다른 점이었다.

은기는 자신이 반장을 하는 한, 그리고 반장의 권위가 손상되지 않는 한, 누가 어떻게 되어도 대범한 척하며 별로 신경을 쓰지 않았다. 자기 일이 아니니까 그랬다. 그런 의미에서 녀석은 철저히 이기적이었다. 녀석은 나를 제외하곤, 다른 아이들에겐 그저 반장으로 군림할 뿐 개인적으로는 아예 상종하려 들지 않았다.

　　이따금 내가 담임선생이 학급 운영을 하는 과정에서 두드러지게 드러나는 불공평한 점들을 지적해도 귀찮은 듯이
　　"내버려 둬."
하며 고개를 돌리기 일쑤였다.

　　대신 녀석은 아이들에게 불공정하고 불공평한 담임선생에 대한 반장의 소임을 오로지 원순이를 괴롭히는 것으로 다하려는 듯이 보였다.

　　"헤이 몽키!"

　　일 학기 때와 마찬가지로 녀석은 원순이가 눈에 띄기만 하면 번개처럼 달려가서 눈알이 빠질 정도로 세차게 뒤통수를 후려갈기거나 목을 조르고 아니면, 넘어뜨리고 올라타서는 그 빵빵한 몸으로 굴리곤 했다. 정말 녀석은 시도 때도 없이 줄기차게 원순이를 괴롭혔다. 그것 하나 빼고는 녀석은 반장으로서 다른 아이들에게 기여한 바가 없었다.

어쨌건 불쌍한 건 원순이었다. 그래서 학교에서는 어쩔 수 없더라도 담임선생은 과외수업 때만큼이라도 원순이의 입지를 세워 주려고 안간힘이었다. 그렇지만 그것도 용이하지가 않았다. 나 때문이었다. 내가 없었다면 원순이는 담임선생한테서 과외 하는 애들 중에서 비교적 돋보였을지도 모르겠다. 그렇지만 내가 있는 한 그럴 수는 없었다. 그 점이 담임선생으로선 안타깝고 초조했을 것이다. 그리고 나를 더욱 곱게 볼 수 없는 이유가 되기도 했을 터였다.

그렇지만 어떤 면에서 나는 담임선생의 과외 팀의 체면을 세워 주고 있었다. 만약에 내가 아니었다면 담임선생의 과외 팀엔 성적이 상위권에 드는 애가 하나도 없었을 것이다. 그것은 정말 담임선생의 체면 문제였다. 그러나 내가 반에서 은기에 이어 대체로 2등이라도 하니까 담임선생으로선 그나마 체면이 서는 일이었다. 그런데 왜 담임선생은 그 생각은 안 하는 걸까.

담임선생의 과외 팀엔 열 명가량의 아이들이 있었는데 반에서 7, 8등을 하는 원순이가 공부를 제일 낮게 하는 편이었고 나머지는 10등에서 20등 사이를 왔다 갔다 하는 애들이 대부분이었다. 반에서 20등 정도면 대략 삼류 중학교는 갈 수 있었다. 그 이하의 아이들이 갈 수 있는 삼류도 못 되는 중학교도 많았는데 그 학교들은 특별히 공부를 하지 않아도 입학이 가능했다. 또 반에는 중학교에 진학하지 않는 아이들도 꽤 여럿 있었다.

그러니까 담임선생의 과외 팀은 일류 중학교에 들어갈 만한 싹수가 보이는 사람은 겨우 나 정도였고(솔직히 나라고 장담할 수 있는 것은 결코 아니지만), 원순이는 모자라는 실력으로 그저 이룰 수 없는 일류 중학교에의 꿈만 막연하게 갖고 있었으며 나머지 아이들은 좀 더 나은 이류 중학교에 가기 위하여 바동대는 축이었다.

그런데 재미있는 녀석이 하나 있었다. 바로 강판돌이었다. 녀석은 도무지 과외를 할 필요가 없었다. 과외를 하려면 못 해도 20등 안에는 들어야 하는데 녀석의 성적은 팔십 명이나 되는 우리 반에서 거의 바닥이었다. 그런 애들은 과외를 하나마나였고 대개 중학교에 진학하지 않았다. 그렇지만 녀석은 어떤 경위로인지 담임선생의 과외 팀에 합류해 있었다. 아이들 말로는 녀석의 어머니가 담임선생에게 간곡히 부탁했다고 했다. 나도 언젠가 본 적이 있는 녀석의 어머니는 시장에서 좌판을 놓고 푸성귀 따위를 팔았다. 아이들 말이 사실이라면, 녀석의 늙은 어머니는 하나밖에 없는 자식에 대한 애정과 기대가 일반의 상상을 한참 초월하는 수준이었을 것이다. 그러나 녀석이 자신을 향한 어머니의 눈물겨운 애정과 기대에 과연 얼마만큼 보답할 수 있을지는 의문이었다. 녀석은 공부와는 담을 쌓았고 또 이해력도 많이 떨어졌던 것이다. 팔십 명의 우리 반에서 바닥을 기는 실력이 과외를 한다고 해서 크게 달라지긴 어려울 테니까. 녀석은 과외공부 시간 동안 이방인처럼 그냥 한쪽 구석에 앉아서 알아듣지도 못하는 설명을 듣고 전혀 엉터리 답으로 문제집 답란을 메꿨다.

그보다 내가 녀석을 재밌게 본 것은 녀석의 희화적인 모습과 천진무구한 성격 때문이었다. 녀석은 작달막한 키에 빡빡 깎은 머리 곳곳이 기계총으로 허옇게 얼룩져 있었고 옷차림도 남루하기 짝이 없었다. 그렇지만 녀석은 그런 것에 아랑곳하지 않고 아이들에게 붙임성 있게 굴었다. 자신은 공부를 못하지만 과외 팀에 속해 있다는 사실만으로도 감지덕지하다는 투였다. 그런 만큼 아이들의 말을 잘 들었고 특히 내 꼬붕 노릇하기를 자처했다. 내 꼬붕 노릇하는 것만으로도 다른 아이들과 비슷하게 맞먹을 수 있다고 나름대로 판단한 것 같았다. 그래서인지 내 앞에선 마치 이도령을 모시는 방자처럼 굴었다. 나 역시 내게 살살거리는 녀석이 싫지는 않았다. 그리고 가끔 녀석의 어머니를 생각하면 그 모성애 때문에 콧등이 시큰해져서 되도록 녀석에게 잘해 주려고 했다.

6학년 때 반이 갈려서 나는 강판돌이 중학교에 갔는지 어쨌는지 알지 못했다. 아마 바닥권을 헤매는 성적으로 미루어 중학교 진학은 어려웠을 것이다.

그런데 사람 일이란 참 알 수 없는 것이었다. 중학교 2, 3학년 때던가, 동창들 중 하나가 강판돌이 동네에서 꽤 잘 나가는 주먹이 되었다는 소리를 했다. 그 소리를 들으며 나는 웃었다. 만인의 꼬붕이자 방자 같았던 천진무구한 녀석이 무슨 주먹이냐 싶었던 것이다.

그랬는데 그게 아니었다. 고등학교 2학년 때였다. 여학생과 밤길을 걷다가 동네 불량배와 시비를 붙게 된 적이 있었다. 상대가 여럿이어서 참 곤혹스러운 순간이었다.

"그만 둬!"

그때 어둠 속에서 누군가가 그 불량배들에게 소리쳤다. 그 한 마디에 덩치 큰 녀석들이 뒤로 물러났다. 녀석들의 뒤로 소리의 주인공인 듯한 자그마한 녀석이 다가왔다. 놀랍게도 녀석은 강판돌이었다. 여전히 작은 체구의 녀석은 동창생들의 얘기대로 동네 불량배들의 보스였다. 녀석은 옛정을 잊지 않고 용케도 나를 기억해 낸 것이었다.

한번 꼬붕은 영원한 꼬붕. 나는 반가운 마음에 녀석에게로 다가갔다.

"야, 너 판돌이 아냐?"

그렇지만 내 말에 녀석은 벌레라도 씹은 듯 떨떠름한 얼굴이었다. 과거의 자신을 아는 내가 몹시 부담스러운 것 같았다. 나는 더 이상 아무 말 하지 않고 그 자리를 빠져 나왔다.

그 후로도 나는 동네에서 강판돌을 여러 번 보았다. 녀석은 가급적 나와 눈길을 마주치지 않으려고 했고 나 역시 그런 녀석에게 구태여 아는 척을 하지 않았다. 그렇지만 생각할수록 전날의 방자 같았던 녀석이 여전히 작은 체구로 동네 불량배들을 거느리는 보스 행세를 하고 있다는 게 신통하기 그지없었다.

아무튼, 담임선생이 애써 원순이를 띄워 주려고 노심초사하는 가운데, 나는 강판돌과는 또 다른 이방인의 기분으로 담임선생의 과외 팀에서 이 학기를 보냈다.

아버지에게는 말하지 않는다

문제는 이 학기가 끝날 무렵에 발생했다. 원순이가 반에서 4등을 했던 것이다. 4등은 우등상 수상 대상자였다. 팔십 명인 한 반에서 4등까지가 우등상 수상자였던 것이다.

1등은 은기, 2등은 나, 그리고 3등은 규석이었다. 여기에 대해선 이론(異論)이 있을 수 없었다. 그런데 4등이 문제였다. 왜 원순이가 4등이냐는 것이었다. 원순이는 일 학기가 시작되면서부터 이 학기가 끝날 때까지 시험에서 한번도 4등 안에 들어본 적이 없었다.

이 문제를 가지고 처음 이의를 제기한 사람은 광호였다. 광호는 준영이와 함께 토요일 오후 우리 집에 와서 내게 담임선생의 부당함과 자신의 억울함에 대해서 조심스럽게 얘기를 꺼냈다. 녀석은 일 학기 초에 준영이의 누나인 준희누나에게서 공부 배우던 애들 중 한 명으로 실력에 비해 평소 조금 잘난 체를 하는 편이었지만 그래도 4, 5등에서 7, 8등 사이의 성적은 늘 유지했다. 그리고 그 정도면 원순이보다는 약간 더 공부를 잘 한다고 할 수 있었다.

"너 우리 반 석차 어떻게 안 거니?"

내가 물었다.

"어떻게 알긴. 그저께 교실에 있는 담임선생 책상 위에 종합 성적이 놓여 있어서 본 거지."

하긴 광호가 못 봤을 리 없을 터였다. 담임선생은 아이들이 봐선 안 될 불공정한 성적 전표를 무신경하게 교실 책상에 그대로 두고 교무실에 볼일을 보러 갔던 것이다. 전에도 그런 일은 자주 있었다. 따라서 성적에 관심이 있는 웬만한 아이들은 모두 그것을 보았을 게 틀림없었다. 물론 나는 그 내용을 미리 알고 있었지만.

"그러니까 네가 6등이고 원순이가 4등인 건 엉터리라는 거지?"

"그래, 원순이보다는 내가 성적이 더 좋았어. 그건 확실해."

광호 말이 맞았다. 자기 성적은 자기가 더 잘 알 테니까.

그리고 내가 기억하기로도 그랬다.

"그래서 어떡했으면 좋겠어?"

그러자 광호는 시무룩한 표정을 지으면서 잠시 말이 없었다. 대신 옆에 있던 준영이가 말했다.

"실은 어제 담임선생한테 물어 봤어."

"누가?"

"광호가."

"광호가?"

그게 사실이라면 정말 대단한 일이 아닐 수 없었다. 평소 광호는 은근히 잘난 척하는 데 비해 용기가 적었던 것이다. 그런데도 담임선생에게 석차의 문제점을 지적하고 나섰다면 그만큼 우등상에 대한 집착이 컸다고 할 수 있었다. 아니, 쉽게 말해 자신도 네 명에게만 주는 우등상을 받으면서 폼 한번 재고 싶었는지도 몰랐다.

"그래, 담임이 뭐라데?"

"응, 그게…."

준영이가 말꼬리를 흐렸다.

"그게 뭐?"

나는 당사자인 광호에게 다그치듯 물었다.

"그게 말야… 석차에는 아무 문제가 없다는 거야."

"문제가 없다구? 어떻게?"

"담임선생 말이… 원순이가 한 번도 4등 안에 든 적이 없긴 하지만 그동안 성적이 줄곧 일정해서 결과적으로는 4등이 맞다는 거야."

나는 피식 웃었다. 그럴 줄 알았던 것이다. 과연 담임선생다웠다.

계산상으로 그것은 가능했다. 가령, 원순이가 비록 한 번도 4등 안에 들지 못했어도 담임선생 말대로 고른 성적을 유지한 반면 다른 아이들이 들쑥날쑥 기복이 심한 성적을 기록했다면 원순이가 4등이 될 수도 있었다. 이를테면, 원순이가 6등을 두 번 했는데 광호는 3등과 10등을 했으면 종합적으로는 원순이가 간발의 차이지만, 더 우수한 게 되는 것이다. 따라서 담임선생이 광호에게 한 말은 틀리지 않았다. 그러므로 문제는 다른 데 있었다.

"거기에 대해서 너는 어떻게 생각해?"

"그렇긴 하지만…."

광호는 조금 울상이면서도 억울하다는 표정을 감추지 않았다.

"그렇긴 한데?"

"월말고사만 가지고 따진다면 담임선생 말이 맞아. 그렇지만 다른 시험에서는 내가 훨씬 더 많이 잘 했거든."

"그래, 바로 그거야."

담임선생은 이 학기에 네 번 친 월말 고사 성적만으로 우등상 석차를 정했다. 그렇지만 그것은 불합리했다. 왜 우등상 석차를 정하면서 일 학기 성적은 반영하지 않는 것인지. 그리고 심지어 이 학기에 친 다른 시험 성적들까지도 제외하는 것인지. 이 학기에만 해도 우리는 월말고사 말고도 각종 모의고사를 포함해서 열 번도 넘는 시험을 쳤었다. 그런데도 특정한 시험 네 개만 뽑아서 석차를 매기자면 광호는 물론 경우에 따라 준영이도 4등이 될 수 있었다. 물론 준영이는 우등상에 별 관심이 없는 듯했지만.

"너 내일 우리 집에 놀러 안 올래?"

준영이가 내게 물었다.

"내일? 무슨 일 있어?"

"아니, 그냥. 애들이 내일 모여서 놀재. 5학년이 다 끝나 가니까…."

"그래, 갈게."

나는 오랜만에 준희누나도 볼 겸 다음날 준영이 집으로 가기로 했다.

다음날. 준영이 집에 가기에 앞서 나는 은기를 집으로 찾아가서 만났다. 그리고 전날 광호가 제기한 문제에 대해 얘기했다.

"어떻게 생각해?"

"어떻게 생각하긴. 생각할 게 뭐 있어?"

"왜 생각할 게 없어? 문제가 있잖아?"

"내버려 둬. 나하고 너하고 1, 2등을 했으면 됐지."

녀석의 그 말은 자신이 1등한 것으로 더 이상 문제 삼을 생각이 없다는 뜻이었다.

"그렇지만 광호 말이 틀리지 않잖아?"

"광호 그 자식! 그 자식은 어떻게 해도 4등은 안 돼. 잘해 봤자 5등이나 6등쯤 될까…."

"그래도 원순이보다는 잘 했어."

"그렇긴 하지. 그렇지만 자식은 어차피 자기는 4등 안에 못 드는 걸 알면서도 그러는 거야. 그러니까 자식이 나설 일이 아냐. 그런데 네가 덩달아 그럴 일이 뭐 있어? 너답지 않게 왜 그래?"

은기는 냉소적이었다.

"나다운 건 어떤 건데?"

"글쎄⋯."

"그럼 넌 원순이가 4등으로 우등상을 받는 게 옳다고 생각해?"

"월말고사를 잘 봐서 그런 거라면 할 수 없는 거지, 뭐."

"넌 원순이가 월말고사를 잘 봤다고 생각해?"

내 말에 은기는 뜨아한 얼굴이 됐다.

"무슨 말이야?"

"그냥 해 본 말이야. 암튼 나 지금 준영이 집에 가는데 너도 같이 가."

"고 계집애 집엘?"

은기는 한쪽 입꼬리를 살짝 올리며 씨익 웃었다. 아무튼 녀석은 자신의 못된 성격을 감추는 데엔 자질이 많이 모자랐다. 평소 은기는 성격이 얌전한 준영이를 숫제 계집애 취급했다. 그리고 그런 준영이와 친한 나까지도 싸잡아 깔고 보려는 경향이 있었다.

"애들이 모인대."

"애들? 광호 말이야?"

"다른 애들도 올 거야."

"다른 애들도? 왜?"

"그냥 5학년이 끝나 가니까 놀자는 거지. 갈 거야?"

"안 가."

"안 가?"

"난 걔들하고 별로 안 친해."

이번엔 내가 피식 웃었다. 제 녀석이 우리 반에서 친한 애가 어딨다구. 녀석이 친한 건 오직 다른 반에 있는 제 친척과 그 친구들뿐이었다.

"좋아, 그렇다면 나 혼자 갈게. 그렇지만 애들이 무슨 소리를 하는지는 너도 알아야 해."

"나중에 네가 얘기해 줘."

"알았어."

나는 은기의 집을 나와 준영이의 집으로 향했다. 준영이네 집에는 광호 뿐만 아니라 준희누나에게 과외를 받던 애들 몇 명과 다른 아이들 두엇이 모여 있었다. 내가 오기 전 이미 담임선생에 대한 얘기가 한창이었던 모양이었다. 광호가 나를 보기가 무섭게 말을 건넸다.

"윤규 넌 전학 와서 잘 모르지만 작년에도 비슷한 일이 있었어."

"그럼 그때도 네가 억울한 일을 당했다는 거야?"

"아니, 그때는 난 지금 담임선생 반 아니었어."

"그럼…?"

"그땐 내가 아니고 완수가 그랬어."

"완수가?"

나는 그제서 광호 뒤쪽 구석에 있는 완수를 쳐다보았다. 완수는 나와 눈이 마주치자 어정쩡하게 웃었다. 늘 말없이 가만히 웃기만 하는 완수. 방천(防川) 가의 판자촌에 사는 완수는 집이 가난했다. 그래서 과외조차 안 했지만 공부를 잘했다. 그보다 성격이 너무 조용하여 있어도 있는 것 같지 않고 없어도 없는 것 같지 않은 그런 아이였다.

"그러니까 작년엔 완수가, 올핸 광호 네가 억울하다 이거지?"

그러자 광호는 어제와 다른 소리를 했다.

"아니, 올해도 나보다 완수가 더 억울해."

"그래? 그럼 광호 넌 어제 완수 때문에 우리 집에 온 거야?"

"사실은… 그래."

그렇지만 대답을 하는 광호는 조금 울상이었다.

"그렇다면 참 갸륵한 일인데…. 그럼 어떡하면 좋을까?"

나는 모여 있는 아이들을 둘러보며 물었다. 그러나 아무도 말이 없었다. 한참 동안 침묵이 계속되자 뜻밖에 완수가 입을 열었다.

"어떡하긴 어떡해. 내가 월말고사 총점이 4등 안에 못 들었던 것은 사실인데, 뭐."

그 말을 하는 완수의 표정이 왠지 조금 슬퍼 보였다.

"그렇지만 하필 월말고사만 5등이야. 다른 시험은 다 4등 안에 들었는데…."

준영이가 안타까운 듯이 말했다.

"윤규 네가 아버지한테 얘기하면 안 돼?"

광호가 뜻밖의 소리를 했다.

"우리 아버지? 왜 갑자기 우리 아버지야?"

"너네 아버지는 교장선생하고 친하잖아? 그러니까 교장 선생한테 이런 얘기해 줄 수 있잖아?"

"우리 아버지가 교장선생하고 친하다고?"

"응, 그렇게 소문이 났어."

나는 웃음이 나왔다. 도대체 아이들은 아버지가 교장선 생과 두어 번 만난 걸 어떻게 알고 있을까.

"그 소문은 사실이 아냐. 그리고 그건 그렇다 치고, 교장 선생한테 무슨 말을 하라고? 왜 이 학기 월말고사만 반영 하게 했느냐고 말하라고? 그건 담임선생이 알아서 할 일이 라고 하면 끝이야. 더 이상 어쩌겠어?"

"그렇긴 하지만…."

"우리 아버지한테 부탁하라고 한 거 혹시 네 엄마 아이디어 아냐?"

내 말에 광호의 얼굴이 갑자기 굳어졌다.

"맞지?"

"네 아버지가 교장선생하고 친하다고 내가 말하니까… 네 아버지더러 한번 교장선생한테 얘기해 보면 어떻겠냐고 그랬어."

"그러지 말고 네 엄마가 담임선생한테 직접 얘기해 보지 그랬어?"

광호 어머니는 가끔 학교에 찾아와서 나도 낯이 익었다. 내 생각에 광호가 조금만 더 공부를 잘 했더라면 광호 어머니는 꽤 기세가 등등했을 것 같았다.

"그럴 수는 없어. 왜냐하면, 난… 어떻게 해도 4등이 아니거든. 그러니까 사실 이 문제가 내 일이 아니잖아. 내 일이 아닌 걸 담임선생한테 엄마가 얘기할 수 있겠어? 그러다가 남임선생한테 괜히 찍히기라도 하면 6학년 올라가서도 안 좋아. 선생들은 선생들끼리 통하니까."

"그럼 뭐야. 넌 네 문제가 아니라서 네 엄마는 어쩔 수 없다고 하면서 난 내 문제가 아니면서도 아버지더러 교장선생에게 얘기하라는 거야?"

"우리 엄만 담임선생하고도 잘 안 통하지만 네 아버진 교장선생하고 가깝잖아?"

"우리 아버지도 마찬가지야. 내 일도 아닌데 뭐 하러 담임선생 애길 교장선생한테 하겠어? 그리고 설령 아버지가 그 얘길 교장선생한테 할 수 있다 해도 내가 아버지한테 못해."

"왜…?"

"왜냐면… 내 일도 아니면서 교장선생한테 얘기해 달라고 하면 쓸 데 없는 일에 끼어들어 어른들 싸움 붙이려고 한다고 할 거 아냐?"

"그럴 수도 있겠네."

광호가 힘없이 고개를 끄덕였다.

"그리고 우리 문제를 가지고 어른들한테 말하고 싶은 생각 없어."

"그러면 어떻게 해? 우리 힘으로 어떻게 할 방법 있어?"

"방법은 무슨. 나도 몰라."

그때 잠시 방 밖으로 나갔다 들어온 준영이가 내게 다가와 나직이 속삭였다.

"누나가 너 이따가 갈 때 잠깐 들렀다 가래."

"준희누나가?"

"그래."

그렇잖아도 틈을 봐서 준희누나를 한번 보고 갔으면 하던 참이었다.

"그리고 심각한 문제는 또 있어."

광호는 뭔가 많이 미진한 듯 여전히 담임선생 얘기를 그만두지 못했다. 아마도 다른 애들과 사전에 많은 얘기가 있었던 모양이었다.

"또 무슨 문제가 심각해?"

"담임선생이 말야. 내년에 6학년으로 올라갈지도 몰라."

"내년에 6학년을 맡게 될 거라는 말이지?"

"그렇게 들었어."

"그래? 누가 들은 건데?"

"울 엄마가."

"네 엄마가? 언제?"

"일 학기 초에 담임선생이 그랬대. 작년엔 4학년을 맡았고 올해는 5학년을 맡고 있지만 내년에는 6학년을 맡게 될 거라구."

그게 사실이라면 별로 기분이 좋을 일은 아니었다.

"담임선생이 왜 네 엄마에게 그런 소릴 했지?"

"몰라. 자랑 삼아 그랬던 것 같아. 어쨌건 선생은 6학년을 맡는 게 최고니까."

"그럼 담임선생하고 잘 통하네, 너네 엄마? 근데 아니라고 해?"

"잘 통하긴. 그랬으면 나도 그쪽 과외 팀에 들어갔지, 윤규 너처럼."

"뭐, 너도 들어오려고 했었어?"

"응. 여기 과외 팀이 해산되고 우리 엄마가 부탁했는데 자리가 다 찼다는 거야."

"그럼 그 일로 너네 엄마하고 담임선생하고 사이가 나빠진 거야?"

"강판돌이까지 팀에 넣어 주면서 나는 안 된다는데 우리 엄만들 기분 좋을 리 있겠어?"

"담임선생이 왜 너를 안 끼워 준 줄 알아?"

"그야 뻔하지, 뭐. 난 강판돌이 아니니까."

"뭐라구?"

"내가 원순이보다 공부를 잘하기 때문이지."

나는 속으로 피식 웃었다. 광호 녀석, 그래도 제법 눈치는 있는 것이다. 비록 녀석이 원순이보다 공부를 잘 한다고 단정적으로 말하기는 결코 쉽지 않지만. 왜냐면 둘은 오십보백보니까.

"그나저나 담임선생이 6학년에 따라 올라간다는 것은 좀 그렇네…."

내가 약간 걱정스럽다는 투로 말하자 광호가 목소리를 높였다.

"좀 그런 정도가 아냐. 그렇게 되면 문제가 심각해져."

"심각하다니?"

"생각해 봐. 우선 우리들 중의 몇 명은 지금 담임선생이 맡는 반으로 갈 거 아냐?"

"그야 물론."

"그런데 솔직히 우리 담임선생 별로 잘 가르치지 못하잖아?"

"그런가? 난 잘 모르겠는데…."

"아냐, 소문났어. 실력 없다고. 작년에도 완수 반 애들 사이에서 얼마나 말이 많았는데. 그런데도 5학년에 올라온 건 아마 교감하고 교무주임선생한테 와이로를 썼기 때문일 거야."

"그래?"

"그러니까 문제는 첫째, 내년에 지금 담임선생 반에 들어가는 애들은 일단 실력 없는 선생 때문에 손해를 본다는 점이야. 그리고 두 번째로, 이건 정말 중요한 건데, 지금처럼 성적을 엉터리로 하면 공부 잘하는 애들도 일류 중학교에 원서를 쓸 수 없게 되는 일이 생겨."

사뭇 고민스런 표정으로 얘기를 하는 광호를 보며 나는 속이 가려운 걸 억지로 참았다. 물론 녀석의 얘긴 맞는 말이었다. 그렇지만 녀석이 걱정할 일은 아니었다. 왜 녀석이 일류 중학교 원서 내는 문제를 걱정하는 건가. 지금 같으면 어떤 선생도 녀석에게 일류 중학교 원서를 내 주지 않을 게 뻔했다. 일류 중학교는 한 반에서 대개 한두 명 정도 합격하는 만큼 원서를 터무니없이 많이 내 줄 수는 없을 테니까.

"그래서 어떡하자는 거야?"

"그래서 우리는 네 아버지가 교장선생한테 이런 얘길 해 줬으면 했던 건데…."

"그건 안 되는 거고 나도 싫다고 했잖아?"

"그럼 방법이 없는 거지, 우리로선…."

광호 못지않게 함께 있는 완수와 중혁이, 원빈이와 재성이들도 풀이 죽은 얼굴들이었다.

"그건 나도 마찬가지야. 아무튼 다시 잘 생각해 봐. 혹시 좋은 방법이 떠오를지… 나 먼저 갈게."

나는 준영이의 방을 나와 준희누나 방으로 갔다.

"저 왔어요."

문을 열고 방 안으로 들어가자

"어서 와. 이리로 내려앉아."

책상 앞에 앉아 있던 준희누나가 일어서며 아랫목을 가리켰다.

내가 먼저 방바닥에 앉자 준희누나도 스커트 아래로 드러난 다리를 한쪽으로 모으며 내 맞은편에 앉았다. 스웨터의 연한 보라색과 대비되면서 준희누나의 얼굴이 더욱 하얘 보였다. 겨울이라 외출을 자주 안 해서 그런 건가. 그렇지만 그 하얀 얼굴이 상큼하게 느껴졌다. 준희누나가 내 얼굴을 빤히 들여다보며 물었다.

"잘 지내지?"

"예."

"우등상을 받게 됐다구?"

"예."

"잘했다. 우리 준영이는 못 받는데 너라도 받으니 기쁘네."

'그렇지만 1등이 아닌 걸요' 하고 싶었지만 그만두었다.

"준영이도 잘 하잖아요."

"그래, 준영이도 잘 해."

"그림도 저보다 훨씬 잘 그리구요."

"그래…."

나는 이야기를 나누면서 준희누나가 눈치 못 채게 그녀의 가슴 쪽으로 슬쩍 눈을 주었다. 연보라색 스웨터가 살짝 부풀어 오른 그곳을 보는 순간 괜시리 목이 말랐다. 지난여름 나는 그 곳에 내 얼굴을 묻었었다. 그때 준희누나는 지금 입은 스웨터보다 훨씬 얇은 여름 교복 차림이어서 그녀의 가슴 뛰는 소리가 더욱 생생하게 내 귀를 두드렸다. 그 소리를 들으며 나는 무얼 생각했던가. 아니, 눈을 감은 채 아무 생각이 없었지. 눈을 감았는데도 방금 본 학교 정문 앞 문방구점 아줌마의 벗은 가슴만 마냥 하얗게 눈앞에 떠올랐었지.

"윤규야."

나는 준희누나의 부르는 소리에 흠칫 놀라며 고개를 쳐들었다.

"예."

"무슨 생각해?"

"아, 아무 것도."

"아직 애들 안 갔지?"

"예, 아직. 그렇지만 곧 갈 것 같던데요."

"담임선생님 얘기하데?"

"그랬어요."

"그래…?"

준희누나는 무슨 생각을 하는지 천천히 고개를 끄덕였다. 그리고는 잠시 말이 없더니 다시 입을 열었다.

"완수 경우는 참 안 됐어."

"예?"

"준영이한테 들었어, 어제."

"아, 예…."

"완수 걔 참 착한 애야."

"예…."

"봄에 내가 가르치던 애들 중엔 처음엔 완수도 있었어."

"예, 그랬군요."

"그런데 며칠 후부터는 안 오는 거야."

"왜요?"

"난 그냥 준영이 친구들이라 재미 삼아 한번 가르쳐 본 거거든. 그래시 돈을 받을 생각이 없었어. 그런데 자기네들끼리는 나한테 얼마라도 내려고 한 모양이야."

"당연히 내야죠."

"아냐. 난 학생인 걸. 그런데 완수는 그 돈을 내기가

힘들었던가봐. 며칠 후부터는 안 나오는 거야. 그래, 내가
그랬어. 준영이 편에. 그냥 나오라고. 그냥 나와도 된다구.
윤규 너도 알다시피 우리 집이 내 학비를 내가 벌어야 할
만큼 없이 사는 집은 아니잖아."

　준영이네는 아버지가 건축 회사를 해서 꽤 부유한 편이
었다.

　"그랬었나요? 전 몰랐어요."

　"그런데 어제 준영이 얘기가 완수 이번에 억울하게 우등
상을 못 받게 됐다는 거야."

　"예, 그래요."

　"어머, 너도 아는 일이니?"

　"예, 저도 알아요."

　"아까 애들한테서 얘기 들었니?"

　"예, 하지만 전 그 전부터 알고 있었어요."

　"그랬니?"

　"예."

　"그래, 애들은 뭐라고 하데?"

　"아버지더러 교장선생한테 얘기해 줬으면 했어요."

　"그럼 아버지께 말씀 드릴 거니?"

　"아뇨."

"그래?"

"우리 아버진 당신보다 나이가 적은 사람 말은 잘 안 듣거든요. 그러니 당연히 제 말도 안 들을 거예요."

"그래…. 실은 아까 애들 오기 전에 완수를 먼저 불렀어."

"그러셨어요?"

"완수에게 내가 얘기했어. 몹시 억울하겠지만 그런 것도 맘속으로 이겨내야 한다고. 그래야 나중에 더 큰 사람이 될 수 있다고도."

그 말에서 나는 완수에 대한 준희누나의 진정을 느꼈다. 순간 알 수 없는 질투심이 일었다.

"완수는 뭐라던가요?"

"다행히 걔는 내 말을 이해하는 것 같았어. 자기는 별로 억울하다는 생각을 하지 않는다고."

"완수는 그럴 거예요."

"그렇지만…. 맘이 몹시 안 됐어. 그동안 억울함을 받아들이는 데 너무 익숙해진 것 같아서. 아직 어린 나이에…"

준희누나의 얼굴에 우울이 깃들었다. 나는 다른 이유로 마음이 쓰라렸다. 완수의 억울함이나 그것을 참아내는 심정에 대해선 나도 전적으로 준희누나와 같은 마음이었다. 그러나 준희누나가 친동생인 준영이 외의 다른 누구에게 그렇게 마음을 써 준다는 게 왠지 나를 쓸쓸하게 했던 것이다. 착하고 공부를 잘하기는 하지만 약간 촌스런 완수. 내가 가난했더라도, 그래서 완수와 같은 억울한 경우를 당했더라도 지금처럼 준희누나가 마음 아파할까. 물론 아파할 것이다. 그러나 문제는 지금 내가 가난하지도, 그리고 억울한 경우를 당하지도 않았다는 사실이었다. 따라서 준희누나가 나를 위해 마음 아파할 일이 없다는 것이었다.

"전 완수가 억울한 걸 진즉에 알았어요."

"하지만 그건 우리가 뭐라고 말할 수 없는 일이야. 담임 선생이 이 학기 기말고사만 가지고 석차를 내기로 했다고 해도. 그건 썩 공평한 건 아니지만, 편의상 그렇게도 할 수 있는 일이야."

"전 기말고사를 가지고 얘기하는 거예요."

"무슨 말이야?"

준희누나의 눈이 동그래졌다.

"기말고사도 완수가 4등이에요."

"뭐라구?"

"기말고사도 완수가 원순이보다 잘 본 게 틀림없어요."

"그걸 네가 어떻게…?"

"아마 그럴 거예요."

"증거가 있니?"

"원순이는 완수보다 시험을 잘 칠 수 없어요."

"그게 무슨 말이니?"

"담임선생한테서 과외 할 때 미리 비슷한 시험을 치거든요. 그런데 원순이는 늘 기말고사 성적만큼 잘 보지 못했어요."

"그야 한 번 풀어본 문제니까 기말고사에선 더 잘 볼 수도 있겠지."

"그럼 1등이나 2등을 해야죠. 왜 하필이면 완수에게만 조금 앞선 4등이에요?"

"글쎄, 그건…."

"그리고…."

"그리고 뭔데?"

내가 주저하자 준희누나가 재촉했다.

"기말고사 채점은 아이들이 하지 않았어요. 다른 시험들은 옆에 앉은 짝하고 바꿔 채점을 했는데요."

"중요한 시험이니까 그럴 수도 있겠지."

"그 기말고사를 제가 채점했어요."

"네가?"

"예, 원순이하고 둘이서요."

"그랬어?"

"담임선생 댁에서 과외 끝나고 남아서 했어요. 그런데 담임선생은 시험지 중 제 것 하고 원순이 것은 빼고 줬어요. 그러니까 제 것하고 원순이 것은 담임선생이 나중에 따로 채점한 거예요."

"그러니까 담임선생님이 네 시험지하고 원순이 시험지를 채점하셨다 이거지?"

"예."

"그랬구나…."

"그러니까 네 말은…?"

"담임선생이 채점한 원순이 기말고사 점수가 과외 때 미리 본 시험보다 알맞게 높다는 거죠."

"글쎄, 좀 이상하긴 하지만 그것만 가지고 뭐랄 수야…."

준희누나의 낯빛은 여전히 어두웠다.

"그런데 담임선생은 제 성적도 조정했어요."

"그게 정말이야?"

준희누나가 깜짝 놀라는 얼굴을 했다.

"예."

"어떻게…?"

"제 성적을 올려 준 건 아니지만…. 다른 방법으로…."

"다른 방법이라면?"

"이번 우등상 석차는 기말고사 총점을 가지고 낸 게 아녜요."

"그럼 ?"

"수, 우 ,미 양, 가의 평점으로 한 거에요."

"그런데?"

"전 원래 우(優)가 두 개일 수도 있는데 하나로 됐어요."

"어떻게?"

"수(秀)는 전체의 10프로, 그러니까 팔십 명 중 여덟 명이에요. 그런데 가령, 7등부터 10등까지 동점일 경우가 있잖아요. 그럴 경우 어떤 애는 수를 주고 어떤 애는 우를 주고 그랬어요."

"그러니까 네 말은 같은 점수인데도 수가 되기도 하고 우가 되기도 했단 거지?"

"예, 저도 경우에 따라 우가 두 개가 될 수도 있었는데 한 과목은 수로 줬어요. 반장인 은기란 애도 한 과목이 우기 될 수도 있는 길 수로 줬구요. 그래서 저는 우가 하나고 은기는 전부 수죠."

"그럼 원순이라는 애는?"

"걔는 아마 대부분이 우일 거예요. 그 중 동점이 많은 과목이 절반 정도 됐는데 그걸 모두 수로 줬어요."

"완수는?"

"완수와 원순이가 동점인 과목일 경우 완수는 무조건 우, 원순이는 무조건 수예요."

"확실한 얘기니?"

"예. 과목별 총점과 석차도 제가 냈으니까요."

항구도시에서 주산을 배우지 않았던 나는 이 도시로 와서 두 달 만에 주산 5급을 땄다. 그래서 담임선생에게 과외를 하게 된 이후로 담임선생은 웬만한 통계 내는 일은 내게 맡겼다. 심지어는 선생들 월급 계산까지도.

"저는 동점 과목을 수가 아닌 우로 해도 2등인 등수가 바뀌지 않아요. 1등인 은기도 마찬가지구요. 하지만 완수와 원순이는 달라요."

"그랬구나…."

"그러니까 완수는 정말 억울한 거죠. 담임선생은 나쁜 거구요."

"그렇게는 말하지 마, 담임선생님을."

"예…."

"어른들이란 우리가 모르는 어려운 부분도 있는 법이니까…."

나를 바라보는 준희누나는 뭔가 걱정스러운 눈빛이었다.

"저도 그렇게 생각했어요, 어제까진."

"그런데?"

"그런데 오늘 완수가 작년에도 비슷하게 억울한 일을 겪었다는 걸 알게 되니 마음이 좀 달라지네요."

"마음이 달라지다니? 그럼 혹시라도 아버지에게 이 이 야기를 할 생각이니? 교장선생님에게 말씀 드려 달라고…?"

"글쎄요, 모르겠어요."

"그러지 말도록 해."

"예? 왜요?"

"왜냐면….

준희누나는 몹시 복잡한 표정이었다.

"왜냐면 말야. 이미 완수가 받아들인 일이야."

"그렇지만 잘못된 일이잖아요?"

"그렇긴 하지만… 내가 완수에게도 얘기했다시피 작은 일을 참으면 나중에 더 큰 어려움을 견딜 수 있게 돼."

"그러나 도덕책에도 있잖아요. 댐의 작은 구멍을 제때 막지 않으면 나중에 큰 구멍이 되어 무너진다고요."

"그런 경우도 있지만… 그러나 이번 일은 그것과는 달라. 그리고….

준희누나가 잠시 말을 멈췄다.

"예…."

"그리고 윤규 너와는 어울리지 않는 일이야."

"무슨…?"

"넌 예술가 타입이야. 글도 잘 쓰고 그림도 잘 그리고 마음도 섬세하고… 그렇지만 운동가는 네게 맞는 것 같지가 않아."

"운동요? 저 야구 잘 하는데?"

"그런 운동 말고 혁명 같은 거 말야."

"아, 예. 혁명…."

"다시 얘기하지만 완수는 이런 일들을 겪으면서 스스로 더 어른스러워질 거야. 우리가 어떻게 하지 않더라도. 그러니 윤규 네가 굳이 맘 상해하지 않아도 돼."

"예. 하지만 그럼 불의를 보고도 항상 그냥 지나치기만 해야 하나요?"

"꼭 그렇진 않아. 모든 건 때가 있는 거야. 그러니까 아무 때나 흥분할 필요는 없다는 얘기야. 그리고 혁명 같은 건 아무나 하는 게 아냐. 또, 정작 혁명한 사람이 불행해지는 경우도 많구. 난 윤규 네가 본연의 너다운 사람으로 자라 줬으면 좋겠어. 내 말 알아 들겠니?"

나는 설명을 들으면 더 아리송해지는 문제를 만난 기분이었다. 은기도 비슷한 얘기를 하더니 준희누나까지. 도대체 나다운 게 뭐란 말인가.

"예…."

"그럼 나하고 약속해."

준희누나가 내 눈과 눈을 맞추며 새끼손가락을 내밀었다.

"무슨…?"

"아버지한테 오늘 얘기하지 않겠다는."

"대신…."

"대신 뭐?"

누나가 날 한 번만 더 안아준다면.

그러나 나는 그 말을 삼키며

"아녜요. 아버지에겐 말하지 않을게요."

준희누나의 손가락에 내 손가락을 걸었다.

실현되지 않는다면 정의란 말은 필요 없다

아버지에게 나는 아무 말도 하지 않았다. 그럼으로써
나는 준희누나와의 약속을 지켰다. 그러나 그것으로 모든
게 끝일 수는 없었다. 어차피 나는 담임선생의 부당하고
치졸한 행위를 깊이 알게 되었고 그것을 그냥 넘기기는
힘들었다. 애들 때문에 더욱 그랬다. 직접적으로는 완수의
일이지만 아이들은 다 같이 피해의식을 갖고 있었다. 더
러, 광호처럼 못 먹는 감 찔러 본다는 식으로 자기가 우등
상 받을 것도 아니면서도 오로지 원순이가 우등상을 받게
된 데 대해서만 흥분하는 경우가 있긴 했어도 대부분 아이
들은 완수의 처지를 안타깝게 생각했고 공분(公憤)을 표시

했다. 나 역시 그런 분위기를 비켜가기가 어려웠다. 그것은 내가 담임선생에게 과외를 받고 있는 처지여서 더욱 그랬는지도 몰랐다. 자칫하면 나도 담임선생과 한통속으로 비칠 수도 있으니까. 그것은 정말 싫었다.

나는 생각했다. 이미 많이 행복한 사람에게 행복을 추가해 주기 위하여 그렇지 못한 사람을 짓밟으며 서러운 눈물을 흘리게 해서는 안 된다고. 그러면서 나는 감히 정의라는 말을 떠올렸다.

그러나 정의를 실현하는 일은 난감했다. 아이들 말처럼 아버지에게 얘기하는 게 가장 효과적인 방법일지는 몰랐다. 그렇지만 그렇게 하지 않기로 준희누나와 약속한 터였다.

봄방학이 다가오고 있었다. 봄방학이 시작되기 전에 어떤 식으로든 일이 마무리돼야 했다. 그렇지만 무엇을 어떻게 해야 할 것인가.

어쨌든, 내 일차적인 의논 상대는 반장인 은기였다. 나는 학교를 마친 후 은기를 우리 집으로 데리고 왔다. 그러나 은기의 반응은 심드렁했다.

"뭐, 그런 일 가지고 새삼스럽게… 그런 선생이 어디 한둘이야?"

"그렇지만 완수는 작년에도 억울한 경우를 당했고 올해

도 그랬어. 속으로 얼마나 맘이 안 좋겠어?"

"걔는 안 그럴 거야."

"안 그렇다니?"

"걔는 성격이 무뎌서 그 정도 가지고 마음 상해하지 않는단 말야."

"그거야 불공평한 데 익숙해져서 그런 거지."

"아무튼. 그리고 실력이 중요한 거지, 그까짓 우등상이 뭐 대수라고. 원순이가 우등상을 받는다고 해서 완수보다 공부 잘한다고 생각할 사람은 아무도 없어. 그러면 된 거 아냐?"

"네가 그런 경우를 당했다고 해도 그런 소리 할 수 있어?"

"난 그런 경우를 당하지 않아. 담임선생이 내겐 그렇게 못 했잖아. 네게도 마찬가지구. 그러니까 신경 끊어. 본인이 암 말도 안 하는데 네가 왜 나서?"

"너네 외삼촌도 그래?"

"무슨 말이야?"

은기가 과외를 하고 있는 녀석의 외삼촌은 다른 초등학교의 선생이었다.

"너네 외삼촌도 엉터리 성적으로 엉뚱한 애 우등상 주고 그러냐구?"

"뭐라구? 얌마!"

은기가 버럭 소리를 질렀다.

"아니지?"

"물론."

"그러니까 선생이라고 다 그런 건 아니잖아?"

"그야 그렇지."

"그리고 그런 선생은 잘못된 거구."

"그렇지만 우리가 뭘 어쩌겠다구?"

나는 잠시 사이를 뒀다가 말했다.

"네가 반장이니까 이런 기회에 반장값을 했으면 해."

"반장값이라니?"

"우리 대표로 담임한테 얘기하는 게 어떨까 싶어."

"담임한테? 그리고 무슨 얘길?"

"지금까지 내가 한 얘기. 그리고 너도 알고 있는 모든 얘길. 어디 얘기할 게 한두 가지야?"

"싫어."

"왜?! 반장이 그 성노노 못 해?"

"너 지금 나한테 야지 놓는 거야?"

은기의 눈꼬리가 살짝 올라갔다.

"야지 놓긴."

"그럼?"

"난 그렇게 생각해. 반장이란 우리 반 아이들의 대표 아냐? 그렇다면 당연히 아이들의 생각이나 사정을 담임선생한테 전달할 수 있어야 된다고."

"네가 반장 같으면 그런 소리 할 수 있겠어?"

"난 반장 아니래도 할 수 있어."

"그럼 네가 하지 그랬어?"

"네가 반장이니까. 널 무시하고 잘난 척하진 않겠다는 뜻이야."

"괜찮아, 그런 거라면. 날 무시해, 네 마음껏. 난 상관 안 할 테니."

"그럼 넌 비겁한 인간이 되는데도? 그래도 좋아?"

"얌마. 말조심해!"

통통한 은기의 얼굴이 발갛게 달아오르면서 콧구멍이 커지기 시작했다.

"난 네가 좀 이기적이란 건 알아. 그렇지만 비겁한 인간이라고는 생각하고 싶지 않아."

그러자 은기가 한숨을 내쉬었다.

"넌 순진해."

"순진하다니? 난 순진하지 않아. 그렇지만 적어도 내

나이에 맞게 순수하려고는 해.”

“넌 세상이 네가 바라는 만큼 그렇게 완벽하게 깨끗할 수 있다고 생각해? 그건 불가능한 얘기야. 그리고 그러면 오히려 살기가 힘들어져.”

열두 살밖에 안 되는 녀석은 그 몇 곱절 산 사람 같은 소리를 했다. 어른들한테 들은 소리를 제대로 알지도 못하면서 해 보는 것일 터였다.

“천만에. 난 그렇게 생각하지 않아. 많은 사람들이 노력했기 때문에 이 정도라도 된 거라고 믿어. 너처럼 잘못된 것을 보고도 그저 못 본 척하기만 했으면 이보다 더 엉망이 됐을 거야.”

“글쎄, 네가 그렇게 생각한다면 그건 네 자유니까 거기에 대해선 더 이상 나도 얘기하지 않겠어. 대신 그런 문제를 가지고 담임한테 말하기 싫은 것도 내 맘이야. 그러니까 그만 얘기해. 넌 어떻게 생각할지 모르겠지만 담임선생과 나는 지금까지 서로 삐딱하게 보면서도 애써 터치하지 않으면서 지내 왔어. 그런데 이제 와서 새삼스럽게 그런 문제를 가지고 담임선생을 걸고넘어질 순 없잖아. 갑자기 정의의 사도가 되기라도 한 것처럼 말이야.”

한번 정의의 사도가 되어 보지 그래.

녀석은 얄밉도록 교묘하게 빠져 나가려고 했다. 늘 그랬던 것처럼 자신은 현실에서 한 발짝 초월해 있는 듯이 굴면서.

"좋아. 사실은 너하고 둘이서 담임한테 얘기를 해 볼까 싶었는데… 대신 작은 힘이라도 보태 줘. 비겁자가 되지 않으려면."

"작은 힘이라니?"

"일을 주도하진 않더라도 동의는 해 달란 말이야. 설마 의리 없게 그 정도도 못 한다고는 안 하겠지?"

"…알았어. 그런데 어떡할 건데? 무슨 좋은 방법이 있어?"

"몰라, 아직은. 하지만 실현되지 않는다면 정의란 말은 필요 없다고 난 생각해."

정말 나는 그렇게 생각했다.

모의가 아니고 계획이다

난 모의(謀議)란 말을 싫어한다. 국어사전에는 모의란 말이 '(어떠한 일을) 꾀하고 의논함'이라고 되어 있다. 그러나 그 어떠한 일이 결코 좋은 일이 아닐 거라는 것쯤은 어렵지 않게 짐작이 된다. '역적모의를 한다'는 말에서도 쉽게 드러나듯이 말이다. 그래서 그처럼 별로 좋지 못한 일을 꾀하고 의논하는 사람을 비하하여 모사꾼이라고도 하지 않는가. 모사꾼을 좋은 사람이라고 말할 사람은 아마 없을 것이다.

같은 의미로, 모반(謀反)이란 말도 결코 좋은 말은 못된다. 모반이란 현재와 다른 체제가 되도록 일을 도모하는 것이지만 바로 그 모의를 거쳐서 하는 것이니까. 그리하여 오히려 바르고 옳은 현재 체제를 바꾸려고 하는 것이니까.

따라서 나는 모의를 한다거나 모반을 꿈꾼다는 생각은 않았다. 정의롭지 못한 사람은 담임선생이었고 나는 다만 그것을 그냥 지나치기가 어려웠을 뿐이다. 설령 담임선생의 불공정하고 치졸한 행위가 내게 직접적으로 큰 피해를 주지는 않았다 해도. 그렇지만 내 친구들, 특히 완수처럼 선량하되 가난하여 힘없는 친구가 맘속으로 서러운 눈물을 흘리는 모습엔 차마 눈감을 수가 없었던 것이다.

은기를 만난 다음 날, 나는 준영이와 광호 등 준희누나에게 공부를 배웠던 애들을 우리 집으로 불렀다. 겨울 방학이 끝나면서부터는 오전 수업만 했기 때문에 아이들은 집으로 가서 점심을 먹은 후 다시 왔다. 비겁자 소리를 듣기 싫어서인지 반장인 은기도 마지못해 참석했다. 대신 나는 완수는 모임에서 제외시켰다. 자기 일과 관련된 자리인 만큼 그 아이가 불편해 할 것 같아서였다.

"다른 방법이 없어."

광호는 시무룩한 얼굴로 내 눈치를 살폈다. 녀석은 아직까지도 내가 아버지에게 얘기해 주기를 바라고 있는 게 틀림없었다.

"그럼 할 수 없는 거지, 뭐."

은기는 여전히 남의 일처럼 덤덤하게 말했다.

"다른 사람들은?"

나는 내 방에 모인 아이들을 한 차례 천천히 둘러보았
다. 준영이와 원빈이와 중혁이, 그리고 재성이와 민호, 삼
수 등 모두가 그저 답답한 얼굴을 하고 있을 뿐이었다.

"이 문제를 내게 제일 먼저 꺼낸 사람은 광호야. 광호는
의견을 내긴 했어. 내가 받아들일 수 없는 의견이긴 하지
만. 그런데 다른 사람들은 아무 의견도 없는 거야?"

그러자 중혁이가 입을 열었다.

"그 의견은 첨부터 광호가 냈던 건 아냐."

"그럼?"

"실은 다른 아이가 먼저 낸 걸 광호가 집에 가서 엄마한
테 얘기한 거야."

"그래서 광호 어머니가 듣고 괜찮다 싶어 광호더러 내게
얘기하란 거란 말이지?"

"사실은 그래."

광호가 조금 멋쩍게 대답했다. 나는 광호를 똑바로 쳐다
보며 말했다.

"그럼 내가 하나 물어 봐."

"뭘?"

광호는 긴장한 얼굴이었다.

"너 용기 있지?"

"용기?"

"그래, 용기."

"무슨 용기?"

"난 네가 완수의 일을 가지고 대신 나서준 걸 대단히 용기 있게 생각해."

"그야 친구니까…."

"그래. 그렇더라도 담임선생이 처리한 성적에 대해 의문을 제기할 수 있다는 것은 쉬운 일이 아니야. 그런데 넌 그 쉽지 않은 일을 했어."

"응…."

"그러니까 더 이상 담임선생에게 찍히는 걸 두려워 할 필요 없어."

"무, 무슨 말이야?"

"이미 담임선생은 네가 용기 있다는 것을 알고 있다는 말이야."

"그, 그래서…?"

광호는 약간 불안한 얼굴이 되었다.

"이젠 다시 그 용기를 보여 줘도 괜찮다는 얘기야."

"용기를 보이다니, 어떻게?"

"네가 알고 있는 담임선생의 부당함에 대해서 담임선생에게 얘기하라는 거지."

"나보고 얘길 하라고? 난 못해. 넌 네 아버지에게도 얘기 못 한다고 해 놓고서 나더러는 직접 담임에게 얘기하라고?"

"난 아버지에게 얘기하지 않겠다고 했지 못 한다고는 안 했어."

"안 하는 거나 못 하는 거나."

광호는 그야말로 부당한 압박을 받는 듯한 투로 말했다.

"난 우리 일을 어른들에게 맡기지 않겠다는 뜻으로 그런 말을 한 거야."

"그래서 나보고 하라고?"

"나도 해. 우리 모두가 하는 거야."

"우리 모두가?"

광호는 어리벙벙한 표정으로 나를 쳐다봤다.

"그래, 우리 모두가 함께 하는 거야."

"그러니까 지금 우리 거사를 모의하고 있는 거네?"

잠자코 듣고 있던 은기가 한 마디 툭 뱉으며 끼어들었다.

"모의?"

내가 반문하자

"그래, 모의."

은기는 자기 말을 못 박듯이 힘주어 확인했다.

"이건 모의가 아냐. 그냥 계획일 뿐이야."

"계획?"

이번엔 은기가 반문했다.

"그래, 계획. 우리가 무슨 역적질을 해, 모의를 하게."

"계획이라…. 그래, 무슨 계획?"

은기는 씩 한 번 웃고 나서 약간 가소롭다는 표정을 지으며 물었다.

"잘못된 것을 바로잡으려는 계획."

"어떻게 바로잡을 건데?"

"담임선생에게 직접 잘못을 지적하는 거야."

"담임선생에게 직접?"

사안의 심각성을 깨달았는지 은기의 표정이 조금 굳어졌다.

"그래, 직접."

"어떻게 직접? 그게 가능하겠어?"

"반장인 네가 한몫하는데 안 될 것 없지."

"내가 한몫한다고는 안 했는데? 그렇다 치고?"

"그리고 광호랑 모두가 용기를 가지면 가능해."

"어쩌자는 거야?"

다른 아이들은 그저 궁금한 표정인 채 내 얼굴만 바라보고 있는데 은기가 소리를 높였다.

나는 잠시 숨을 고른 후 은기를 주시했다.

"우선 반장인 너부터 담임선생에 대해 쓰는 거야. 요점만 간단명료하게. 그리고 끝에 네 이름을 적어."

"뭘 쓰라구?"

"네가 보기에도 그동안 불공정한 점이 많았잖아? 그런데도 넌 반장이면서 한 번도 우리 반을 위한 시정 건의를 안 했어. 솔직히 네가 반장으로서 담임선생에게 뭔가 한 게 있다면 그건 오로지 원순이를 때린 일뿐이야."

그러자 애들이 쿡쿡 웃었다. 은기는 벌레 씹은 얼굴로 나를 쳐다보다가 마지못한 듯 볼펜을 집어 들었다.

"좋아, 쓰지. 쓰는 건 일도 아냐."

그리고는 내가 꺼내 놓은 팔절지 백지 위에 뭔가를 적기 시작했다. 아주 짤막하게. 그리고 그 뒤에 자신의 이름을 적었다.

"됐어. 학교 수업을 자기한테 과외지도 받는 애들 위주로 했다는 것도 좋은 지적이야. 더구나 반장의 지적이면 무게가 있어. 다음엔 광호가 써. 완수 문제를 쓰면 좋겠네. 그리고 담임선생에 대해 바라는 네 생각을 보태도 좋고. 가령, 내년에는 우리 담임이 안 되었으면 한다든가 하는 얘기를 말야. 은기가 쓴 것 밑에다가 적어."

그러면서 나는 종이를 광호에게 내밀었다. 광호는 어쩔 수 없이 체념한 듯한 얼굴로 나를 바라보았다.

"괜찮아. 겁 낼 것 없어. 이미 반장인 은기도 썼는데, 뭘. 그리고 네가 용기 있다는 건 이제 담임도 알아. 그러니까 괜찮아."

광호는 은기가 먼저 쓴 사실에 안도하면서도 약간은 떠밀리는 듯한 모습으로 은기가 적은 글 밑에다가 내가 말한 내용을 쓰기 시작했다. 광호가 글을 쓰는 동안 아무도 소리를 내지 않았다. 모두 조금 긴장한 얼굴들이었다. 광호는 손수 글을 쓰고 나서도 굳은 표정을 풀지 못 했다.

"괜찮아. 맨 먼저 반장이 썼어. 그러니까 사실 나머지 사람들은 요식 행위야. 전혀 겁먹을 것 없어. 그리고 무엇보다 중요한 것은 우리는 6학년에 올라가서도 만날 사이야. 설혹 반은 틀리더라도 말이야. 자, 다음은 준영이 네가 써. 그리고 민호, 중혁이, 재성이, 삼수 순으로…."

준영이에게 종이를 넘긴 후 나는 은기에게 눈짓을 하고

방 밖으로 나왔다.

"무슨 일이야?"

따라 나온 은기가 물었다.

"그냥. 애들끼리 쓸 시간을 주려고. 사실, 불만은 내가 아니라 녀석들이 더 많거든. 그러니까 너하고 나하고 없으면 더 잘 쓸 거야."

"그럴까? 근데, 어떡하려고 그래? 정말 담임선생한테 전달할 거야?"

"물론."

"어떻게?"

"내게 맡겨."

은기는 아리송한 눈빛으로 나를 보며 고개를 저었다.

잠시 후, 다시 방으로 들어가니 아이들이 글을 다 쓰고 기다리고 있었다. 의외로 아이들이 쓴 글은 내가 모르거나 기대하지 않았던 내용들이 제법 있었다. 이를테면, 4학년 때에도 담임은 원순이를 부반장을 시키기 위해 사전에 몇몇 아이들을 사주했었고, 금년처럼 성적처리도 불투명했다는 것이었다. 학부모들로부터 돈을 받은 것으로 짐작되는 정황에 대해서 쓴 녀석도 두어 명 되었다.

"좋아, 이 정도면. 그럼 이대로 똑같이 한 장만 더 써."

"왜?"

은기가 나를 돌아다보았다. 왜 귀찮은 일을 두 번씩이나 시키느냐는 투였다.

"암튼, 이유는 묻지 말고. 내게 생각이 있으니까."

"알았어."

은기는 두말없이 새 종이를 제 앞으로 가지고 가서 아까 쓴 내용을 다시 적기 시작했다. 녀석은 남의 일에 잘 안 나서려고 하는 편이지만 일단 결정한 일에 대해선 주저함이 없었다. 그런 면에서 녀석은 적어도 쩨쩨하지 않고 시원시원한 데가 있었다.

"윤규 넌 안 써?"

은기를 비롯한 아이들이 새로 쓴 종이를 훑어보는데 광호가 물었다.

"나?"

"그래."

"물론 나도 쓸 거야."

"그런데 왜 안 써?"

"난 나중에 쓸 거야."

그러자 광호가 미심쩍은 얼굴을 했다.

"나중에?"

나는 피식 웃었다.

"그래, 나중에. 왜 내가 안 쓸까봐?"

"아니, 그런 건 아니지만…."

"걱정 마. 쓸 테니까. 은기 너도 내가 안 쓸 거라고 생각해?"

내가 옆에 앉은 은기에게 물었다.

"아니."

"거 봐. 반장도 믿잖아. 그러니까 너희들도 믿어도 돼. 그보다 문제는…."

"문제는 뭐야?"

광호가 여전히 의심을 풀지 못하는 얼굴로 되물었다.

"우리가 요구하는 게 뭐냐를 명확하게 결정지어야 한다는 점이야."

"그건 이미 얘기가 됐잖아. 새 학년도에 담임선생이 우리하고 같이 6학년에 올라가면 안 되는 거라고…."

광호 뒤에 앉은 재성이가 말했다.

"그래. 그 얘긴 했어, 지난번에도. 그럼 그거면 될까? 은기 네 생각은 어때?"

나는 은기의 의견을 구했다.

"나야 담임선생이 올라가든 말든 별 상관없어. 그렇지만 너네들이 정 원한다면 나도 따르지, 뭐. 그래서 사실은 내

일도 아니면서 오늘 여기 온 거 아냐?"

녀석은 끝까지 생색을 내려고 했다.

"좋아, 그럼 그걸 우리의 요구 사항으로 결정지을 거야. 이의 있는 사람은?"

곧바로 광호가 손을 들었다.

"그럼 성적은 어떻게 되는 거야?"

"무슨 성적?"

"올해 성적. 원순이가 4등이 아니잖아?"

"그러니까 넌 원순이가 우등상 받는 걸 묵과할 수 없다는 거야?"

"4등은 완수잖아?"

"그래서 성적을 바로잡아 달라는 요구도 하자는 얘기야?"

"할 수만 있다면."

"다른 사람들도 그렇게 생각해?"

그러나 다른 아이들은 말이 없었다.

"은기 넌?"

"글쎄…. 네 생각은 어때?"

"난 그 문젠 그냥 뒀으면 좋겠어."

"왜?"

광호가 눈을 동그랗게 떴다.

"왜냐면, 그래야 우리가 더 세게 요구를 할 수 있는 거야. 무슨 말이냐 하면, 담임선생의 잘못이 클 때 우리의 요구도 힘을 가져. 만약에 담임선생에게 이번 성적을 고치게 하면 담임선생의 잘못은 적어져. 그렇게 되면 우리의 요구가 큰 힘을 발휘할 수 없어. 무슨 말인지 이해가 돼?"

"그렇지만…."

광호는 여전히 불만인지 말꼬리를 흐렸다. 나는 어차피 네가 받을 우등상은 아니라는 소리를 하고 싶었지만 참았다.

"그런데 우리만 이렇게 쓴다고 해서 될까? 여기 모인 사람은 고작 여덟 명밖에 안 되는데…."

중혁이가 반신반의하면서 혼잣말처럼 중얼거렸다.

"그럼 내일 몇 사람 더 쓰게 하는 게 어때?"

의견을 보탠 건 원빈이었다.

"윤규 네 생각은 어때?"

재성이가 물었다.

"아냐, 됐어. 물론 더 많으면 좋겠지만 이 정도로도 충분해. 왜냐하면 여기 모인 여덟 명은 담임선생한테서 과외 받지 않으면서 우리 반에서 20등 안에 드는 사람의 거의 전부야. 그리고 그 여덟 명 중엔 반장도 포함되어 있어. 그 정도면 된 거 아니겠어?"

"그런데 정말 이걸 담임선생한테 전달해도 괜찮을까?"

준영이가 내 얼굴을 보며 걱정스러운 표정을 지었다.

"괜찮아."

나는 준영이에게 한 번씩 웃어 주었다.

"아무튼 오늘 모두 수고들 했어. 아마, 봄방학 하는 날쯤이면 알 수 있을 거야. 담임선생이 6학년에 올라가게 될지, 못 올라가게 될지."

"정말? 정말이야?"

여러 명의 아이들이 동시에 물었다.

"내 지금 생각으론 그래."

"만약 올라가게 되면 어쩌지?"

광호가 끝내 불안한 속내를 드러냈다.

"걱정 마. 그렇게 되지 않게 하려고 오늘 우리가 모인 거니까…. 대신 오늘 일은 봄방학이 끝날 때까지 비밀로 해 줘. 말이 새면 모두에게 좋을 일이 없어. 물론 다들 그럴 거라고 생각되지만…. 자, 오늘 모두 고마워. 난 은기와 할 얘기가 좀 있으니까 먼저들 가."

아이들이 방에서 나갈 때 나는 준영이를 마당 한쪽으로 따로 불렀다.

"왜, 다른 일 있어?"

준영이는 시종 걱정스런 얼굴이었다.

"아니. 그런데 오늘 여기서 있었던 일 준희누나한테는 절대로 말하면 안 돼. 알았지?"

"왜?"

"암튼. 알았지?"

"알았어."

나도 내가 왜 아이들을 모아서 이러는지 스스로도 제대로 납득이 잘 안 되는 부분이 있었다. 평소의 나는 비교적 내성적인 편이었던 것이다. 그러므로 내가 이러는 걸 알면 준희누나는 일단 나한테 실망할 게 뻔했다. 준희누나가 괜찮게 생각하는 것은 그저 공부 잘하고 그림 잘 그리고 글 잘 쓰는, 조금은 차분하고 착실한 그런 아이였다. 나는 끝까지 준희누나에게는 그런 아이이고 싶었다.

준영이를 보내고 방으로 들어오자 방바닥에 엎드려 잡지책을 보고 있던 은기가 고개를 쳐들었다.

"다들 갔어?"

"응. 아무튼 오늘 고마워."

"뭐가?"

몸을 일으키며 은기는 남의 일 묻듯 물었다.

"반장인 네가 앞장섰기 때문에 애들이 덜 주저했던 거야."

"글쎄, 그럴까? 그보다 자신 있어?"

"뭐?"

"담임선생이 우리가 쓴 글 봤다고 해서 크게 달라질까 말이야."

"될 거야."

"되다니, 뭐가?"

"우리가 바라던 대로."

"정말?"

"두고 봐. 봄방학식 날이면 알게 돼."

나는 입꼬리의 한쪽을 말아 올리며 은기를 향해 가볍게 웃어 보였다. 녀석이 다른 아이들에게 자주 웃던 것처럼. 대신 나의 올라간 입꼬리는 녀석과 달리 왼쪽이었다.

고양이를 상대로 혁명을 하지는 않는다

　언제나 그랬듯이 종업식은 어수선했다. 담임선생은 먼저 한 학기 동안 제출했던 각종 과제물을 나누어 주었다. 그러다 보니 과제물을 받으러 나가는 아이들과 받고 들어오는 아이들이 책상 사이의 좁은 통로에서 뒤엉키면서 교실 안은 순식간에 와자지껄 혼란스러워졌다. 그런 혼란은 이 학기 성적과 생활태도가 기록된 통신표를 나눠 줄 때까지 계속되었다.

　통신표를 나눠 주고 나서 담임선생은 다시 교탁 위에 두툼하게 쌓인 개근상장을 받을 아이들을 호명하기 시작했다. 팔십 명의 아이들 중 개근상을 받는 아이들이 제법 많았다. 은기도 개근상을 받고 들어오다가 나와 눈이 마주치자 멋쩍게 웃었다. 녀석은 일 학기 초 며칠 결석을 했는데도 개근상을 받게 되었던 것이다. 일 학기 초, 8반 선생이 우리 반 담임이었을 때 시골에 다니러 갔던 녀석은 개학을 하고도 이삼 일 뒤에 나타났다. 내가 그 사실을 지적했는데도 지금 담임선생은 자신이 없을 때의 일이었으므로 모른다는 식으로 반장인 은기에게도 개근상을 주기로 했다. 그게 은기가 예뻐서가 아니란 걸 나는 알고 있었다. 그만큼 담임선생에게 은기는 껄끄러운 존재였던 것이다. 그리고 담임선생이 조금 지나치다 싶을 정도로 너그럽게 대해 주는 한 은기도 자신에게 직접 해가 되지 않으면 담임선생의 어떠한 행위에 대해서도 무심한 척하려고 했다.

꽤 많은 숫자의 개근상을 나눠 주고 나서 담임선생은 교단을 내려 와서 곧바로

"원순이, 규석이, 윤규, 은기."

하고 부르더니 호명된 차례대로 앞으로 나간 나를 포함한 네 명의 아이들에게 상장 하나씩을 내밀었다. 담임선생은 아무에게도 그게 우등상이란 말을 하지 않았다. 사정을 모르는 사람이 보면 그 네 명은 그저 맨 나중에 개근상을 받는 사람처럼 보였을 수도 있었다. 더욱이 담임선생은

개근상을 줄 때와 달리 네 사람의 이름만 불렀을 뿐 성은 부르지도 않았고 그나마도 1등부터가 아니라 4등부터 불렀다. 그저 아무 생각 없이 그랬을 수도 있지만 그래도 우등상 전달을 그렇게 할 수는 없는 일이었다. 그런데 담임선생은 그렇게 했다.

그런 담임선생의 행동을 보며 나는 입가에 미소가 번지면서 조금씩 즐거워지기 시작했다. 그것은 이미 기가 꺾인 담임선생이 해 보일 수 있는 행동의 전부였던 것이다. 아니나 다를까, 다시 교단 위로 올라간 담임선생은

"6학년 반 편성은 개학식 날 알 수 있을 거다. 그동안 수고들 했어. 6학년에 올라가면 모두들 공부 잘 하도록 해."

하고는 종업식을 끝냈다. 바야흐로 봄방학이 시작되는 순간이었다.

광호 등 우리 집에 모였던 아이들의 얼굴엔 실망의 빛이 역력했다. 아니, 광호는 불안감 때문인지 주위를 둘러보며 어쩔 줄 몰라 했다.

"됐어. 끝났어."

나는 교실을 나오자마자 내게 몰려든 광호를 비롯한 다른 아이들을 안심시켰다.

"끝나다니, 어떻게?"

광호가 되물었다.

"우리가 바라던 대로 된 거야."

"그걸 어떻게 알아? 담임선생은 아무 말도 안 했는데…?"

"정 궁금하면 일주일만 참아. 개학식 날이면 확인하게
될 테니까. 내 말이 맞는지 틀렸는지."

"정말 믿어도 돼?"

"물론. 걱정 안 해도 돼."

내가 계속 자신 있는 태도로 여유를 보이자 그제야 광호
의 불안한 기색이 조금 수그러들었다.

아이들과 헤어진 후 은기와 나는 곧장 집으로 가는 대신
시내로 나갔다. 은기가 자기 아버지한테 가는데 같이 가자
는 것이었다. 은기 아버지는 시내에 있는 재개봉관의 전무
로 근무하고 있었다. 녀석은, 낌새로 보아 자기 아버지에
게 용돈을 받으러 가는 것 같았다. 어쨌건, 녀석은 5학년을
1등으로 마쳤고 그것을 자기 아버지에게 보고 겸 자랑할
모양이었다.

"담임선생 6학년에 못 올라가는 거 확실해?"

시내 쪽을 향해 걸으며 은기가 물었다.

"아마 그걸 거야."

"어떻게 알아?"

"담임선생이 얘기했으니까."

"언제?"

"아까."

"아까?"

"응. 아까 교실에서."

"교실에서 언제 그런 말 했어?"

은기가 내쪽을 돌아보았다.

"마지막에."

"마지막에? 마지막에 무슨 말을 했지? 난 모르겠는데…?"

"6학년에 올라가면 공부 잘하라고 했잖아."

"그거야 그랬지. 그렇지만 그거 가지고 어떻게 알아?"

"그게 그 말이야. 자기는 6학년에 안 올라간다는. 아니라면 우리 중에 내년에 다시 볼 사람도 있을 거란 말을 했겠지."

"겨우 그거 가지고 그렇게 생각하는 거야?"

"난 알 수 있어."

"어떻게?"

"조금 있다가 얘기해 줄게."

은기 아버지가 있는 극장이 가까워져 나는 이야기를 중단했다. 내가 극장 앞에서 잠시 기다리는 사이 은기가 안으로 들어갔다가 나왔다.

"야, 점심 사 먹자."

희색이 만면한 녀석이 어깨를 으쓱하며 말했다. 아마 제 아버지로부터 꽤 많은 용돈을 받은 듯했다.

"점심? 어디서?"

"저기 중국집 있잖아."

은기가 극장 골목 입구에 있는 중국집을 가리켰다.

중국집에 들어와 자리에 앉자 은기가 우동 두 그릇을 시켰다. 우동값이 엄청나게 비쌌다. 한 그릇에 사십 원. 사십 원은 십 원 하는 삼류 극장 관람료의 네 배였다. 그리고 두 편 동시 상영하는 사류 극장 관람료인 오 원의 여덟 배이기도 했다. 녀석은 크게 한턱 쓰는 셈이었다.

"어떻게 담임선생이 6학년에 안 올라간다는 걸 안단 말이야?"

은기가 종업원이 가져 온 우동을 솜씨 있게 한 젓가락 말아서 먹고 나서 물었다.

"내가 말해 달라는 대로 말했거든."

"무슨 말이야?"

"우리 모두 담임선생이 6학년에 올라가지 않게 되기를 바란다고 썼잖아?"

"그랬지."

"그걸 보고서야 6학년 담임을 하려고 운동을 할 수 있었 겠어?"

"우리가 그랬다고 해서 운동 못 하겠어?"

"내가 못 하게 했으니까."

"정말?"

젓가락을 도로 내려놓으며 은기가 놀란 눈으로 나를 바 라보았다.

"응. 애들이 쓴 글 뒤에 내가 썼어. 아이들이 이 내용의 편지를 교감선생과 교장선생에게도 보내려 한다고."

"애들 핑계 대기는. 그래, 정말 보낼 생각을 한 거야?"

"그래서 두 장을 썼잖아."

"그럼 한 장이 모자라잖아?"

"두 곳 중 한 곳에만 보내면 되니까."

"그러니까 교장선생한테까지 보낼 생각을 했다 이거지?"

"아니. 교감선생한테만. 담임을 배정하는 건 교무주임 선생하고 교감선생이니까."

"결국 한 장은 교감선생한테 보내기 위해 준비했다는 거야?"

"응. 하지만 그럴 일이 있을 거란 생각은 하지 않았어."

"왜?"

"난 담임선생을 잘 알거든."

"잘 알다니?"

"내가 교감선생한테 우리가 쓴 글을 보내기 전에 담임이 스스로 6학년 맡으려던 걸 포기할 거라는 사실을 알았다는 얘기야."

"어떻게?"

"그러니까 담임을 잘 안다는 거지."

"참 나. 무슨 말인지…."

은기는 내 태도에 심사가 뒤틀렸는지 조금 못마땅하다는 얼굴로 소리를 내어가며 우동을 먹었다. 그리고는 다시 물었다.

"그런데 담임한테 편지는 어떻게 전달했어?"

"그거?"

나는 은기를 향해 조금 약 올리는 기분으로 씨익 웃었다.

"어떻게 전달했을 거 같아?"

"그걸 내가 어떻게 알아."

녀석이 퉁명스럽게 대꾸했다.

"며칠 전 과외가 끝났어. 그날 맨 나중에 나오면서 안방에 있는 담임선생 책상 위에 올려놓았지, 뭐."

"그걸 담임선생이 보고 6학년 올라가는 걸 스스로 포기했다 이 말이야?"

"내용이 심각하니까 가볍게 생각할 수 없었겠지."

"아무튼, 담임 6학년 안 올라가는 거 확실한 거지?"

"거의."

"참, 혁명 한번 제대로 했네."

은기가 비웃듯 묘하게 한쪽 입술을 비틀었다.

"혁명은 무슨. 이건 혁명이 아냐."

"혁명이 아니라니?"

"고양이를 상대로 하는 혁명도 있어? 난 고양이를 상대로 혁명을 하지는 않아."

"무슨 말이야?"

"담임선생은 호랑이가 아니라 고양이란 말이야. 그리고 고양이에게 이기기 위해 혁명까지는 필요 없다는 얘기지."

그러나 나중에 꼭 한 번은 대의(大義)를 위해 정말 강한 상대를 대상으로 혁명을 해 보리라 나는 생각했다.

"고양이라…. 흐흐흐."

은기는 무슨 생각을 하는지 혼자 웃었다.

"너도 진작에 그렇게 생각하고 있었잖아?"

"나? 글쎄…."

"이번 일은 담임선생이 호랑이가 아니라 고양이이기 때문에 쉽게 가능했던 거야."

"그래…?"

"담임선생은 학년 초에 나더러 애들과 주고받은 말을 쓰라고 한 적이 있어. 그리고 애들더러도 나하고 한 얘기를 쓰라고 했고. 그때 난 알았어. 담임선생이 무지 겁 많은 사람이란 것을."

"센 편은 못 되지."

은기가 고개를 끄덕였다.

"아마 이번에 우리가 쓴 거 보고 엄청 놀랐을 거야."

"반장인 나부터 썼으니까 더 그랬겠지."

"그것도 그렇지만 광호 같은 녀석까지 제 이름을 밝혔잖아. 담임선생으로선 상상도 못 했던 일이겠지. 그러니 놀랐을 수밖에."

"넌 뭐라고 쓴 거야?"

"난 별 말을 안 썼어. 이미 애들이 다 썼으니까. 난 그저 일이 커지지 않도록 잘 생각해서 결정하시는 게 좋겠다고 하고 오늘 내가 알아들을 수 있도록 말씀해 달라고만 했지."

"오늘 그 말을 믿어도 될까?"

"괜찮을 거야. 담임은 호랑이가 아니니까. 그리고…."

"그리고?"

"내가 아는 바로 담임선생은 6학년에 못 올라가."

"어떻게 아는데?"

"아버지가 얼마 전에 교무주임선생에게 이미 확인했어. 교무주임선생 말로는 6학년 선생들은 가급적 한 사람도 안 바꿀 방침이라는 거야."

"그럴 수도 있겠지. 어쨌든 가장 실력 있는 선생들이 6학년 선생들이니까. 그나저나 그렇게 되면 결과적으로는 우리가 한 게 아무 것도 없는 셈이 되잖아?"

은기는 조금 아쉽다는 표정을 지었다. 제 딴에는 모처럼 한 번 대의(大義)를 위해 몸을 일으켰던 것이다.

"그야 알 수 없는 일이지. 그냥 방침이 그렇다는 것뿐이니까. 그보다, 이제야 하는 얘기지만 이번 일 같은 건 사실 반장인 네가 솔선수범했어야 했던 거야."

"내가?"

"그래. 당연히 네가 먼저 시작했어야지. 네가 가세하니까 애들이 얼마나 쉽게 용기를 내데?"

"그야 너 같은 녀석이 있는데 내가 첨부터 나설 필요는 없는 거지, 뭐."

은기는 무덤덤한 말투로 한 마디 찍 흘렸다.

이런 시팔놈.

나는 욕이 입 밖에까지 나오는 것을 억지로 참았다. 휴지로 입을 닦으며 은기가 정색을 했다.

"그런데 나도 하나 물어 보자."

"뭐?"

"솔직히 너 담임선생한테 편지 놓고 나올 때 겁 안 나데?"

"났어."

"났다고?"

"응. 아주 많이는 아니지만 조금 났어."

"그런데 어떻게 그럴 생각을 했어? 네가 늘 말하는 그 정의 때문에?"

"그래. 네가 항상 외면하는 바로 그 정의 때문에."

"잘났다!"

은기가 소리를 빽 질렀다.

"그런데 다른 이유도 있어."

"다른 이유? 뭔데?"

"모르겠어?"

"글쎄…."

"너 국어 잘 못하지?"

"못 하긴. 내가 1등이잖아."

"국어는 내가 1등이야."

"그래도 수 맞았어."

"그건 시험으로만 수 맞은 거고. 노래 못 부르고 그림 못 그리면서 시험으로만 음악하고 미술을 수 맞은 것처럼. 어쨌건 작문을 잘 못하잖아? 엄청 중요한 과목인데 말이야."

"그렇다 치고, 무슨 말 하려는 거야?"

"잘 들어. 정의도 정의지만 말이야. 내가 조금 겁이 나면서도 왜 그런 용기를 냈느냐 하면… 재미가 있기 때문이야."

"재미?"

은기는 알 수 없다는 표정으로 반문했다.

"응. 생각해 봐. 부당하고 불공정한 일만 계속 반복되는 정의롭지 못한 세상이라면 억울해서 분노하게도 되겠지만, 그보다 우선 지루하고 심심해서 견딜 수가 있겠어? 무슨 변화가 있어야 얘기 거리도 생길 거 아냐? 그리고 재밌는 얘기 거리가 있어야 작문도 할 수 있을 테구."

"그러니까 넌 심심해서 재미를 위해서 그랬다 이거야?"

"재미있는데다가 정의를 세우는 일이기도 했으니까 더욱 다행한 거지. 그래서 모름지기 작문을 잘 해야 되는 거야."

"됐어, 임마! 아무튼 넌 웃기는 놈이야! 대체 장차 뭐가 되려고 그러지?"

"더 이상 될 게 뭐가 있어? 그냥 지금과 같은 인간이 되는 거지."

은기와 나는 빈 우동 그릇을 앞에 놓고 마주보며 통쾌하게 웃었다. 그리고 그렇게 웃는 가운데 새로 전학 온 내륙 도시에서의 나의 첫 일 년도 끝이 났다. 바뀐 환경 탓에 많이 낯설었지만, 그래서 자주 당혹스럽기도 했지만 항구 도시에서의 4학년 때보다 보다 훨씬 어른스러운 기분으로 지낸 일 년이었다. 그러므로 다시 시작되는 6학년 일 년은 전해에 비해 더 분주하긴 했어도 오히려 새롭지 않았다. 그만큼 5학년이던 일 년은 세계를 향해 눈을 뜨게 되었다는 점에서 내게 의미 깊었다.

출석번호 때문에 우는 웃기는 녀석도 있다

그렇다고 6학년 일 년에 대해 할 얘기가 전혀 없는 것은 아니다. 어쨌건 분주하기로 말하자면, 중학교 입학시험을 앞둔 6학년 때가 훨씬 더했으니까. 그러나 말 그대로 주로 입학시험 준비를 위해 분주했던 거니까 길게 얘기하지는 않겠다.

개학식 날, 나는 예상했던 대로 5학년 때 담임선생이 6학년에 올라가지 않게 된 사실을 확인했다. 5학년 때 담임선생은 그대로 5학년을 맡았다. 변화가 있다면 문예반을 지도하던, 시인이기도 한 4반 선생이 그 능력을 인정받아서인지 시내에 있는 사립 초등학교로 전근을 간 사실이었다. 광호는, 애써 덤덤한 다른 아이들과는 달리, 5학년 때 담임선생이 6학년에 올라가지 않게 된 사실을 알게 되자 마치 일류 중학교 합격을 보장받기라도 한 양 노골적으로 환호성을 올렸다. 쫀쫀한 녀석과는 반이 갈려 속이 후련했다. 그렇지만 준영이와 한 반이 못 된 건 아쉬웠다. 준희누나를 볼 기회가 적어졌다는 점에서 더욱더.

은기와 한 반이 된 건 뜻밖이었다. 나는 5학년 때 담임선생의 의중을 알 듯 말 듯했다. 은기와 나는 친하면서도 마음을 터놓는 사이는 아니었던 것이다. 그러니까 함께 계속 잘 해 보라는 뜻인가, 아니면 결정적인 순간에 한 번 붙을 기회를 준다는 건가. 6학년 남자 반은 5학년 때보다 한 반 늘어난 다섯 반이었다. 5학년 때 1등과 2등이던 은기와 나는 6학년 2반에 배정되었다. 그런 식이라면 1등과 2등이 한 반이고 9등과 10등이 한 반이 되는데 그게 과연 타당하고 합리적인 배정인지 알 수 없었다.

6학년에 올라가서 제일 먼저 확인된 것은 5학년 때 담임선생이 실력 없다고 했던 광호의 말이 사실과 다를 수도 있다는 점이었다. 6학년에 올라가자마자 우리는 5학년 때 배운 내용을 가지고 시험을 쳤다. 그런데 6학년 다섯 남자

반 모두 5학년 때 우리 반이었던 아이들이 1등을 했다. 그러니까 1반부터 5반까지 1등한 아이는 모두 5학년 때 1반 출신의 아이들이었던 것이다.

당연히 우리 반에서도 은기가 1등을 했다. 나와 함께 공동 1등이었다. 그런데 조금 우스운 것은 작년에 나나 은기보다 공부를 못 했던, 다른 반 1등들은 모두 90점을 넘었는데 우리 반 1등인 은기와 나는 85점이었다. 담임선생은, 키 순서로 하던 5학년 때까지와는 달리 시험 등수에 따라 출석번호를 정했다. 입학시험 준비를 위한 효율적인 자리 배치 때문인 것 같았다. 그래서 은기가 1번이 되고 나는 2번이 되었다. 아마 5학년 때 성적이 은기가 1등이고 내가 2등이어서 그렇게 한 것 같았다. 담임선생은 1번인 은기에게 반장을, 2번인 내게는 부반장을 하라고 했다. 은기는 받아들였지만 나는 사양했다. 부반장은 어쩔 수 없이 반장의 꼬붕이 될 수밖에 없었다. 그러나 나는 은기의 꼬붕이 아니었던 것이다.

출석번호를 정하는 과정에서 한 아이가 울었다. 작년에 4반이었던 장병국이란 녀석이었다. 녀석은 시를 잘 써서 운동장 조회 시간에 교장선생으로부터 여러 번 상을 받은 적이 있었다. 그런데 녀석의 시험 성적은 10등이었고 번호가 10번이어서 울었던 것이다. 웃기는 녀석이었다. 출석 번호 때문에 울다니. 더구나, 작년에 4반이었던 아이들 말에 의하면 녀석은 한 번도 5등 안에 든 적이 없다고 했다. 그러니까 시는 잘 쓰는지 몰라도 공부를 잘 하는 편은 아니었다. 그런데도 10등 했다고 울다니. 6, 7등이나 10 등이나 뭐가 다르다고. 정말 웃기는 녀석이었다.

그보다, 2반에 배정되면서 가장 실망스러웠던 것은 담임선생이었다. 나나 다른 아이들 모두 6학년에 올라오면서 5반 선생이 담임을 맡는 반으로 배정되기를 바랐다. 5반 선생은 작년 5학년이던 우리에게까지 일류 중학교에 자기 반 아이들을 많이 합격시키는 실력 좋은 선생으로 소문이 자자하게 나 있었다. 그러기 위해 어찌나 애들을 잡는지 별명도 독사라고 했다. 그러니까 우리는 일류 중학교 합격을 위해선 스스로 독사의 밥이 되는 것도 불사했던 것이다. 그 망할 놈의 일류 중학교란 게 뭔지. 정말 5반 선생은 저승사자처럼 깡마르고 표독한 얼굴에 갈라지는 탁한 목소리가 독사란 별명에 제대로 어울렸다.

그에 비한다면 담임선생은 점잖게 생겼지만 지극히 평범해 보였다. 그 점잖음과 평범함이 아이들을 불안하게

했다. 5학년 때 한 반이었다가 6학년에 올라오면서 5반이 된 아이들로부터 분위기를 전해 들은 바로는 정말 5반 선생은 처음부터 완전히 자기 반 애들을 죽이는 모양이었다. 그런데도 녀석들은 별로 죽는 시늉을 하기는커녕 오히려 그게 즐겁고 자랑스럽기 그지없다는 표정으로 으스댔다. 아, 더러운 노예근성이라니. 이를테면 5반은 스파르타였고 우리 반은 아테네였다.

그러나 담임선생이 너그럽고 반 분위기가 아테나 같다고 해서 6학년 생활이 5학년 때와 같을 수는 없었다. 수업 시간이 늘어났고, 수업을 마치면 체력장 연습을 해야 했다. 체력장은 달리기와 던지기, 멀리뛰기와 턱걸이 네 종목이었다. 키가 큰 편인 나는 턱걸이를 제외하면 다 만점 수준이었다. 그렇지만 여섯 개가 만점인 턱걸이는 고작 한 번 정도밖에 못했다. 나는 한 아이로부터 배치기를 배웠다. 배치기를 하면 턱걸이가 좀 더 쉬워 한 번 정도 하던 것을 두세 번까지 할 수 있었다.

새로 시작하는 6학년 생활을 더욱 빡빡하게 하는 데엔 아버지도 한몫을 했다. 아버지가 내게 새벽공부를 시켰던 것이다. 아버지는 여섯 시면 나를 깨웠다. 그리고 내 옆에서 신문을 보면서 내가 공부하는 것을 감시했다. 그렇지만 그것은 효과가 없었다. 매일 밤늦게 과외공부를 마치고 돌아온 나는 늘 잠이 모자랐다. 그러므로 새벽에 일어난들 공부가 제대로 될 리가 없었다. 그래서 등교 준비를 하는 여덟 시까지 책을 펼치고는 있었지만 졸리기만 했고 흐리멍덩한 머리 속으로 책 내용이 하나도 들어오지 않았다. 결국 새벽공부는 나를 위해서라기보다 아들의 중학 입시를 위해 스스로도 뭔가 한다는 것을 과시하려는 아버지를 위한 것이었다. 그런 아버지 때문에 나의 피곤은 더욱 가중되었다.

다행히, 아버지의 강압에 의한 새벽공부는 사월 중순쯤에서 중단되었다. 새벽부터 나를 감시하는 일이 아버지로서도 실은 귀찮기도 했겠지만 다른 일로 바빠지기 시작했던 것이다. 여름에 있을 국회의원 선거를 위한 선거 본부를 우리 집에서 운영하게 되었기 때문이었다. 국회의원에 출마할 사람은 아버지 친구의 동생이었고 아버지는 양장점 가게와 그 옆 가게를 선거 본부로 내 주었다. 그리고 새벽부터 걸려오는 전화나 찾아오는 사람들로 매일 분주했다. 내가 아는 바로, 장교를 지낸 아버지는 같은 군 출신 사람들을 선거 운동원으로 끌어들여 선거 준비를 하고 있었다. 그러니 내게 신경 쓸 틈이 없었던 것이다.

결과부터 말하면, 우리 집 가게를 선거 본부로 쓴 그 후보는 여름에 실시된 국회의원 선거에서 삼십 대 중반의 젊은 나이로 당선되었다. 그리고 그 후로 몇 차례 더 국회의원을 하는 과정에서 정치적 부침을 거듭하다가 나중에 국회의장에까지 올랐다. 나는 선거운동 기간 동안 우리 집에서 그 사람을 두어 차례 보았다. 열두 살의 내가 본 그 사람은 정의의 사도 같았다. 그 사람은 이듬해 내가 중학교에 입학할 때 만년필을 선물로 보내오기도 했다. 그 후, 오랜 세월이 지나서 나는 서울 여의도에 있는 한 음식점에서 우연히 그 사람을 본 적이 있었다. 그 사람은 바로 옆 자리에 앉아 있는 나와 눈이 마주치고도 나를 알아보지 못했다. 그때 그 사람은 의원 신분이 아니었는데 복잡하고 변화무쌍한 우리 정치판에서 나름대로의 정치적 모색을 하고 있었다. 나도 나이를 먹으면서 이미 그 사람의 정치적 이면(裏面)까지를 알고 있었던 탓인지 전날 받았던 정의의 사도 같은 이미지는 느껴지지 않았다.

특별 교환과외

6학년에 올라오면서부터 나는 담임선생한테서 과외수업을 받게 되었다. 달리 갈 데도 없었지만 아버지가 그렇게 결정했던 것이다. 물론 은기는 아니었다. 녀석은 5학년 때처럼 자기 외삼촌에게서 계속 과외를 했다.

체구가 큰 담임선생은 점잖은 대신 조금 무뚝뚝했지만 인자했고 무엇보다 누구에게나 공평했다. 그래서 5학년 때 담임선생과 달리 믿음직하고 편했다.

그렇지만, 학교에서는 5반 선생이 판을 쳤다. 5반 선생은 잘난 척이 무척 심했다. 복도나 운동장에 모였을 때 보면 5반 선생이 마치 왕초 같았다. 나이도 우리 담임선생보다 한두 살 적을 텐데도 그랬다. 그만큼 아이들을 일류 중학교에 많아 합격시킨 전력이 5반 선생을 기고만장하게 하는 것 같았다. 상대적으로 우리 담임선생을 비롯한 다른 선생들은 5반 선생에게 약간 주눅이 들어 보였다. 정말이지 6학년 선생들 사이에서 홀로 기세등등한 5반 선생을 보면 과연 저 선생이 얼마나 잘 가르치기에 저럴 수 있을까 궁금했다. 그리고 5반 선생한테서 배우지 못함으로 해서 무언가 손해를 보고 있는 건 아닌가 하는 생각이 들기까지 했다.

그런데 정말 예기치 않게 5반 선생한테서 배울 기회가 생겼다. 그것은 생각만 해도 좀 웃기는 일이었다. 시 교육위원회에서 시내의 각 초등학교 6학년 선생들로 하여금 자신이 맡고 있는 반 아이들을 과외지도 하지 못하게 했던 것이다. 담임선생이 자기 반 아이들을 과외지도하면 입시 분위기가 가열된다는 이유에서였다. 그렇지만 그 이유는 내가 생각해도 유치하기 짝이 없었다. 문제가 있다면 나이 어린 초등학생에게 입학시험을 치르게 하는 제도에 있는 것이지 담임선생이 자기 반 아이들을 따로 가르치는 데 있는 건 아니었다. 게다가 더 웃기는 것은 6학년 선생들이 자기 반 아이들을 가르치면 안 되지만, 자기 반 아이들만 가르치지 않으면 된다는 사실이었다. 그 말은 즉, 다른 반 아이들은 가르쳐도 된다는 뜻이었다. '눈 가리고 아웅 한다'는 말에 제대로 맞아떨어지는 일인데도 그래도 좋다는 얘기였다. 아무튼 웃기는 일이었다.

어쨌건 그런 연유로 해서 나를 포함한 열 명가량의 아이들은 5반 선생한테서 과외를 하게 되었다. 물론 5반 아이들은 우리 담임선생이 맡았다. 왜 5반 선생과 2반을 맡고 있는 우리 담임선생이 과외 팀을 맞바꾸게 되었는지는 알 수 없었다. 그래도 5반 선생 다음으로는 우리 담임선생이 실력이 있다고 인정되고 있기 때문인지 어떤지도.

5반 선생의 과외수업은 우리 담임선생과는 너무 달랐다. 우선 분위기가 너무 살벌했다. 5반 선생은 깡마르고 주름진 외모부터가 아이들을 겁먹게 했지만 실제 수업은 더욱 공포감을 느끼게 했다. 첫날 5반 선생 집으로 갔을 때 그곳에는 5반 애 한 녀석이 먼저 와 있었다. 다른 아이들은 모두 우리 담임선생에게로 보냈는데 그 녀석은 왜 안 갔는지 처음에는 알지 못했다. 나중에 들은 바로, 녀석의 부모가 특별히 부탁해서 녀석만큼은 5반 선생이 따로 관리한다는 것이었다. 그 특별 관리가 우리를 소스라치게 했다. 녀석은 자기 담임선생 바로 옆자리에 앉았는데 우리는 공부를 하다가 수시로 터지는 둔탁한 소리에 깜짝깜짝 놀라곤 했다. 5반 선생이 녀석의 뒤통수를 후려갈기는 소리였다. 언제 졸았는지 그때마다 5반 선생의 손바닥이 녀석의 뒤통수를 내리치는 것이었다. 녀석의 뒤통수를 까면서도 5반 선생은 별다른 말을 하지 않았다. 그래서 빡 소리가 나면 아하, 녀석이 졸았구나 생각될 정도였다. 5반 선생이 설명을 할 때에, 그리고 문제를 풀면서 우리는 시도때도 없이 녀석의 골통이 터지는 소리를 들었다.

5반 선생이 반이 다른 우리들까지 때릴 생각이야 했는지 모르겠지만, 그렇지 않더라도 자기 반 애를 그렇게 후려 패는 걸 보면 우리 반 아이들의 대부분은 오금이 저릴수밖에 없었다. 그렇지만 난 참 우습다는 생각을 했다. 도대체 저렇게 개 패듯 후려 패는 게 특별 관리인가 싶었던 것이다. 그리고 녀석의 부모는 자기 자식이 짐승처럼 학대받는 것조차도 특별 관리라고 생각할까 의심이 들었다. 만약 녀석의 부모가 그런 것까지도 감수한다면 그것은 정말로 웃기는 일이 아닐 수 없었다. 세상에, 제 자식이 뭐가 얼마나 모자라는 인간이길래 짐승 취급 받게 하고 돈까지 내느냐 말이다. 아니, 부모야 그렇다 치고 비인간적인 수모와 육체적 고통을 당하면서 돈 갖다 바치는 녀석은 또

꼴이 뭐냐 말이다.

5반 선생의 실력에 대해선 뭐라고 말해야 할지 모르겠다. 5반 선생은 억양이 평범한 우리 담임선생을 비롯한 보통 사람들과 달리 말을 또박또박 끊어서 하는 습관이 있었다. 그래서 교과서의 일반적인 내용을 전달할 때에도 마치 요점을 정리해서 들려주는 것 같았다. 그렇지만 자세히 들어 보면 담임선생이 학교에서 가르쳐 준 내용과 하나 다르지 않았다. 또 하나 담임선생과 다른 점이 있다면 그건 바로 공포 분위기 속에서 수업을 한다는 점이었다. 단기적으로는 느슨한 분위기보다 공포 분위기에서 수업하는 게 학습 효과가 더 크다는 것은 너무나 자명한 일이었다. 그러나 그걸 가지고 가르치는 사람의 실력의 척도를 삼을 수는 없었다. 나는 그렇게 생각했다.

설령, 5반 선생이 아이들을 가르치는 방법에 있어서 약간 독특한 점이 있다 하더라도 사실 그게 별로 중요하지 않다는 게 내 생각이었다. 비유하자면, 일 더하기 일은 이라는 것을 알고 있는 사람에게 그걸 더 나은 방식으로 보다 잘 가르쳐 봤자 결과는 달라지지 않기 때문이었다. 다시 말해, 어차피 담임선생에게서 배워 알고 있는 내용 이상의 것을 알게 되지 않은 바에야 5반 선생의 탁월한 가르침의 방법이 있다한들 무슨 소용인가 말이다. 다른 아이들은 어땠는지 모르겠다. 그래도 제일 잘 가르치기로 소문난 5반 선생한테서 배우게 된 사실에 감지덕지했는지 어땠는지. 하지만 정말 난 별로였다.

그런데 5반 선생한테서 과외수업을 하는 동안 정말 웃기는 일은 전혀 예상치 않은 엉뚱한 데서 발생했다. 그것은 생각만 해도 저절로 입꼬리가 올라가고 배꼽에 통증이 느껴지는 일이었다. 그 웃기는 일의 주역은 다름 아닌 바로 5반 선생이었다.

험상궂은 인상으로 인해 그냥 보기만 해도 소름이 끼치는 5반 선생은 어느 날 잠시 수업과는 관계없는 다른 얘기를 하다가 말끝에

"참, 방수호 어머니 괜찮은….”

하는 것이었다. 순간 나는 내가 잘못 들었나 싶었다. 그런데 인상만으로도 독사라는 별명이 제격이다 싶은 5반 선생의 표정이 사르르 부드럽게 풀리는 것이었다. 그날은 그걸로 끝이었다. 그랬는데 며칠 뒤였다. 5반 선생은 또 다른 이야기를 하다가 말끝에

"참, 방수호 어머니 괜찮은 것 같아.”

하고 지난번과 같은 소리를 반복했다. 표정까지도 하나

다르지 않았다.

이런!

나는 독사가 그런 표정을 지을 수 있다는 사실이 우선 놀라웠지만 이마를 찔러도 피 한 방울 나올 것 같지 않은 빡빡한 5반 선생의 가슴 속에서도 다른 사람을 향한 연정이 피어날 수 있다는 게 도무지 신기하기 이를 데 없었다.

그러고 보면, 겉보기와 달리 5반 선생은 여러모로 참 우스운 사람이었다. 평소의 표독한 표정에 어울리지 않게 아이들 앞에서 자신의 속내를 숨기지 못하고 드러내는 어설픔도 그렇거니와, 정말이지 내가 보기에 방수호의 어머니는 남의 호감을 살 만한 매력적인 여자가 결코 못 되었던 것이다. 물론 5반 선생의 눈에 안경일 수도 있겠지만.

내가 알기로, 방수호의 어머니는 우리가 5반 선생한테서 과외를 시작하면서 두어 번 다른 아이 어머니들과 학교에 왔었다. 그때 5반 선생에게도 인사를 했을 수도 있고 어쩜 식사도 했을 것이다.

그렇지만 방수호의 어머니는 미인이 아니었다. 미인은 준희누나처럼 차분하고 청순한 아름다움이 있는 여자를 말하는 것이다. 아니더라도 우리 집 별채 아줌마 같은 요염함이라도 있어야 했다. 그러나 방수호 어머니는 그 어느 것도 갖고 있지 못했고 그저 평범했다. 남들과 조금 다른 점이 있다면 광호 어머니 못지않게 극성이면서 그 이상으로 나댄다는 점 정도였다. 그것은 방수호의 어머니가 광호 어머니와 달리 자유스러운 신분이기 때문인지도 몰랐다. 방수호의 아버지는 직업군인으로 전방에서 근무하고 있었다. 나는 5반 선생이 그런 방수호 어머니를 왜 좋아하는지 알 수 없었다.

5반 선생한테서 과외수업을 받는 일은 한 달 만에 끝났다. 시 교육위원회의 방침에 대해 여러 곳에서 말들이 있자 6학년 선생들은 자기 반 학생을 가르쳐서는 안 된다는 그 지시사항이 흐지부지되어 버렸던 것이다.

나는 5반 선생에게 의외의 면이 있다는 것을 확인하는 것으로 특별 교환과외를 마쳤다.

≪방랑의 결투≫를 보던 날

　일 학기가 중간쯤 지나면서 이상한 일이 발생했다. 학기 초 시험에서 10등을 하고 10번의 출석번호를 받으면서 눈물을 뿌리며 웃겼던 병국이 녀석의 성적이 오르기 시작했던 것이다. 내가 이상한 일이라고 한 것은 그것은 내 경험상 도저히 불가능한 일이기 때문이었다. 5학년 때까지 오 년 동안 반에서 5등을 밑돌며 한 번도 그 안으로 진입해 보지 못했던 녀석이 어떻게 6학년에 와서는 5등을 하고 4등을 할 수 있단 말인가. 그런데 그 있을 수 없는 일이 실제로 일어났던 것이다. 처음에는 어쩌다 한번 우연히 그런 일이 일어난 것으로 생각하려고 했다. 그러나 그게 아니었다. 한 번 5등을 한 녀석은 다음 시험에서는 4등을 했다.

담임선생은 그 달 시험 종합 석차 5등인 병국이의 자리를 교실 맨 중앙에 있는 일 분단 셋째 줄로 옮겼다. 일 분단은 두 명이 나란히 앉는 책상 열 개가 놓여 있었고 맨 앞 책상은 은기와 내 자리였다. 담임선생은 아이들이 수시로 본 시험들을 매달 종합해서 석차를 낸 후 앉는 자리를 새로 정하곤 했다.

처음 병국이가 일 분단 셋째 줄에 앉게 되었을 때 쉬는 시간에 은기가 말했다.

"야, 조심해! 정말 병국이 새끼가 치고 올라올지도 몰라."

이런 새끼, 너나 조심하지.

녀석은 마치 자기와는 관계없는 일인 듯, 그러면서도 나와는 한패거리인 양, 그래서 나를 걱정하는 척하면서 말했다. 하여튼 녀석은 결정적일 때마다 묘한 모습을 드러내는 옛 같은 놈이었다. 녀석은 자기는 병국이의 위협으로부터 절대안전 구역에 있고 니는 위험힐 수도 있다는 뜻을 은근히 내게 주지시키려고 했던 것이다.

그렇지만, 녀석도 말은 그렇게 했지만 위기의식을 느꼈던 것이 틀림없었다. 자기에게 피해가 없다면 섣불리 남의

일에 나설 녀석이 아니었던 것이다.

그런데 불행하게도 녀석의 우려는 사실로 되고 있었다. 여름 방학을 한 달 정도 앞두고서부터는 시험에서 은기와 나, 병국이가 번갈아가면서 1등을 했다. 가장 1등을 많이 하는 녀석은 병국이었고 은기가 1등한 횟수는 오히려 나보다도 적었다.

그런 와중에서 하나의 사건이라고 해도 좋을 일이 있었다. 한번은 모의고사를 보았는데 어쩌다 내가 만점을 받았다. 6학년은 매일처럼 시험을 쳤기 때문에 나로서도 그 시험의 중요성을 별로 인식하지 못 했었다. 그런데 그 시험은 시내에 있는 모든 초등학교에서 일제히 함께 본 시험인 모양이었다. 만점을 받았으니 당연히 내가 1등이었다. 그리고 만점을 받은 사람이 나밖에 없었으므로 나는 전교 1등이기도 했다. 또, 몇 명인지는 몰라도 등수로는 시내 전체에서 공동 1등일 수도 있었다.

토요일에 그 일로 교장실로 불려가 교장선생의 격려의 말씀을 들었다. 거기서 나는 뜻하지 않게 한 여자아이를 만났다. 그 여자아이도 나와 같은 이유로 교장실로 온 것이었다. 그러니까 담임선생이 모의고사 만점이 한 명밖에 없다고 한 것은 남자반 아이들 중에서였던 것이다. 그 여자아이는 나를 몰랐지만 나는 그 여자아이를 알았다. 물론 이름 같은 것은 몰랐지만. 그 여자아이는 작년 합창대회 때 강당 뒤쪽에 앉은 내 눈에 들어왔던 바로 그 아이였다. 얼굴이 하얗고 갸름해 보였었는데 가까이서 보니 그때의 기억이 틀리지 않았다는 생각이 들었다. 얌전해 보였던 기억도 마찬가지로.

여자아이와는 교장실을 함께 나와 그 앞에서 헤어졌다. 여자아이는 뭔가 할 말이 있는 듯 잠시 머뭇거리다가 생각을 바꿨는지 그냥 나를 빤히 바라보기만 했고 나도 무슨 말을 해야 좋을지 몰라 망설이다가 그대로 돌아섰다. 그 순간 가슴 속으로 짙은 아쉬움 같은 게 아침 강가의 안개처럼 피어오르는 게 느껴졌다. 그 여자아이와는 나중에 입맞춤을 나누게 되는 일이 있었다. 그러나 그것은 이 년이나 지난 중학교 2학년 때의 일이었다.

교장실에서 돌아와서 얼마 되지 않았을 때 사환 누나가 교실로 찾아와 나를 불렀다. 집에서 전화가 왔는데 아버지가 학교 끝나면 곧바로 오라고 했다는 것이었다. 우리 집에 교장선생과 교감, 교무주임선생 등과 담임선생을 초대해서 식사를 하기로 했다는 얘기와 함께. 보나마나 아버지는 나를 옆에 앉혀 놓고 온갖 폼을 잡을 게 뻔했다.

학교를 파하고 어떻게 할까 고심하고 있는데 은기가 다가왔다.

"야, 오늘 영화 가자."

"영화?"

"내가 보여 줄게."

"무슨 영화?"

"방랑의 결투! 우리 아버지 극장에서 하고 있어."

〈방랑의 결투〉는 우리나라 최초로 수입된 중국 무협영화로 지난 달 개봉되어 엄청난 인기를 끌었다. 사람들 말로는 지금까지 국내영화에서는 감히 보지 못 했던 장면들이 그야말로 획기적이라는 것이었다. 이를테면, 기기묘묘한 무기들이 등장하고 사람이 하늘을 나는 등등. 그게 이제 개봉관 상영을 마치고 은기 아버지가 근무하는 재개봉관으로 들어온 모양이었다.

"글쎄….."

"안 볼 거야?"

"아니. 봐야지."

"그런데?"

"좀 일이 있어서….."

나는 아버지가 곧장 오라고 한 사실이 맘에 걸려 머뭇거렸다. 그러자 은기가 그 낌새를 알아채고 피식 웃었다.

"너 집에 가려고 그러지?"

녀석도 아까 사환 누나가 내게 한 얘길 옆에서 들었던 것이다.

"아냐."

"그럼?"

"그냥 좀 일이 있어서…."

"거짓말 마. 집에 가려고 그러는 거 다 알아. 그 자리에 네가 가서 뭐해, 쭈굴스럽게."

하긴 그건 그랬다. 교장선생 등을 초대하여 폼을 잡으려는 아버지를 위해 내가 그 자리에 낀다는 건 낯간지러운 일이었다. 그래서 사실은 아까부터 어떻게 하면 빠질 수 있을까 궁리하던 터였다.

그렇지만 은기의 빤한 속내를 생각하면 녀석이 얄밉기 짝이 없었다. 녀석은 내가 교장선생 등과 함께 한 자리에서 치켜세워지는 게 못내 눈꼴시었던 것이다.

"좋아, 가!"

나는 은기의 제의를 따랐다. 그 자리에 간다는 게 어쨌건 내키지 않았고 솔직히 영화가 보고 싶었던 것이다. 아버지의 야단을 맞는 것은 나중의 일이었다.

소문대로 영화는 굉장했다. 특히 쌍칼을 쓰는 여주인공인 정페이페이라는 배우는 썩 미인은 아니지만 검술 실력이 대단했다(그녀는 삼십오 년 후 〈와호장룡(臥虎藏龍)〉이라는 영화에서 여주인공의 사부인 벽안호리(碧眼狐狸)로 출연하기도 했다).

영화를 보고 극장을 나왔을 땐 아직 해가 많이 남아 있었다. 은기는 집에 갔으면 중국요리로 배를 채우고도 남았을 나를 끌고 온 데 대한 일말의 미안한 감정이 남아 있었던지

"야, 만두 먹으러 가자. 내가 살게."

하고 나를 끌었다.

우리는 극장 옆으로 난 좁은 골목길로 접어들었다. 그 골목 안에 유명한 만두가게가 있다는 것을 언젠가 은기에게 들은 적이 있었다. 녀석은 자기 아버지가 근무하는 극장 근처의 지리에 훤했다.

"저게 누구야?"

앞서가던 은기가 갑자기 걸음을 멈추고 내 쪽으로 돌아다보았다.

"어, 저건 독사 아냐?"

놀랍게도 은기가 가리킨 골목 안쪽에 5반 선생 독사가

서서 주위를 둘러보고 있었다.

"그래, 독사 맞아. 독사가 웬일로 여길?"

"글쎄…."

"야, 빨리 돌아나가자. 괜히 마주쳤다가 영화 본 게 발각되면 무슨 꼴을 당할지 몰라."

은기가 다급하게 말했다

"알았어."

내가 막 돌아서려는데 은기가 내 어깨를 끌었다.

"그런데 저건 또 뭐야?"

은기가 가리키는 쪽을 돌아다보다가 나는 화들짝 놀랐다. 언제 나타났는지 한 여자가 독사 뒤로 다가가 섰는데 바로 방수호 어머니였다.

"방수호 엄마 맞지?"

은기가 소리를 죽이며 물었다.

"맞아."

"그런데 방수호 엄마가 독사하고 왜 저기 같이 있지? 독사는 5반 선생인데…?"

"그걸 내가 어떻게 알아?"

그러면서 나는 잽싸게 은기의 어깨를 잡아채고 돌려세웠다. 그리고 황급히 골목길을 빠져 나왔다. 은기는 독사한테서 과외를 배우지 않아서 방수호 어머니에 대한 독사의 마음을 알지 못했다. 그러나 제대로 알지 못하는 건 나도 마찬가지였다. 독사와 방수호 어머니가 서 있던 곳은 여관 간판이 걸린 건물 앞이었던 것이다.

초록빛 청춘

첫사랑이라고 해도 좋을지 모르겠다. 그 여름에 그런 감정을 느끼게 된 일이 있었다.

전에 살던 항구도시와 달리 분지에 위치한 내륙도시의 더위는 찐득찐득한 데가 있었다. 내륙도시의 더위는 한 차례 장마가 지나간 칠월 초부터 기승을 부렸다. 그리고 그때부터 칸나와 글라디올러스 등 마당 화단의 화초들이 쑥쑥 자라면서 다투어 꽃을 피웠다. 하순경에 여름방학이 되면서 나는 자주 툇마루에 나와 더위를 식혔다. 더러는 우물가에서 등물도 하면서.

팔월에 접어들고 며칠 지났을 무렵부터 툇마루에 나오

면 만날 수 있는 여자아이가 있었다. 동기라는 이름의 여자아이였다. 이름이 남자 같은.

도로 쪽으로 난 우리 집 가게는 모두 네 개였다. 맨 왼쪽이 중국음식점이었고 다음 두 개는 선거 사무소였다. 그리고 나머지 하나는 전파사였다. 전파사에서는 라디오 등 가전제품과 레코드를 팔았다. 그리고 자주 음악을 틀었다. 그런데 주인이 젊은 아저씨여서인지 내가 알고 있는 유행가는 거의 틀지 않았다. 전파사 스피커에서 흘러나오는 노래는 주로 팝송이라는 외국 노래였다. 단 하나, 내가 알아들을 수 있는 노래는 외국곡에다가 우리말 가사를 붙인 것이었다.

"부서지는 파도소리와 같이 내 마음도…."

이 시스터즈라는 여성 그룹이 부른 그 노래는, 나중에 알게 되었지만, ≪부베의 연인≫의 주제곡에 우리말 가사를 붙인 것이라고 했다. 다른 외국곡을 잘 몰랐으므로 제대로 내 귀에 들어오는 것은 그 노래뿐이었다. 부서지는 파도소리와 같이….

아코디언 반주가 웅장한 그 노래를 듣고 있노라면 왠지 거대한 파도가 하얀 이빨을 드러내며 일시에 밀려오는 것 같았고 철 지난 쓸쓸한 바다가 연상되었다. 아직 마당엔

삼복더위의 뜨거운 햇살이 자글자글 끓고 있는데 말이다.

그 여자아이와 함께 있을 때에도 그 노래는 심심찮게 안채 마당까지 흘러 들어왔다. 나와 동갑인 여자아이는 서울서 친척오빠인 전파사 주인아저씨에게 놀러온 것이었다.

서울서 온 서울내기 계집애. 그러나 그 여자아이는 그동안 내가 막연히 생각하고 있던 깍쟁이 서울내기 같지가 않았다. 그래서 쉽게 가까워졌는지도 모르겠다. 여자아이는 차분한 인상에 말수가 적어 보였다. 이상한 서울 사투리를 쓰면서 떠들기 좋아하는 서울내기 계집애를 몇 번 본 적이 있는 나로서는 그 점에 더욱 맘이 끌렸을 수도 있었을 것이다. 그렇지만 나와 함께 있을 때 여자아이는 말을 못하지 않았다. 어쩜 낯선 곳에서 심심했기 때문이기도 했겠지만.

처음 말을 건 것은 물론 나였다. 어느 날 오후, 툇마루에 나와 책을 읽고 있을 때 여자아이가 살며시 다가와 조금 사이를 두고 내 옆에 앉았던 것이다.

"보고 싶니?"

"무슨 책인데?"

"쿠오바디스."

"쿠오바디스?"

"응. 본 적 있니?"

"아니. 어떤 내용인데?"

"사랑 이야기. 로마의 젊은 장군 비니큐스와 인질인 리디아 공주가 주인공이야."

나는 이미 한번 본 적 있는 그 책을 여자아이에게 건네주고 내 방에 있는 다른 책들도 들고 나왔다.

여자아이는 집안에 복잡한 일이 있어서 내려 왔다고 했다. 아버지가 중학교 교사였는데 몸이 좋지 않아 요양원으로 들어가는 바람에 살림이 어려워졌다는 얘기와 함께. 그래서 방학이 되어 친척오빠인 전파사 아저씨네 집에 잠시 묵을 예정으로 혼자만 내려 온 모양이었다.

나는 오전엔 담임선생 댁에 과외수업을 하러 가고 오후에는 거의 툇마루에 나와 책을 읽었다. 물론 방학 숙제도 거기서 했다. 내가 툇마루에 나오는 시각이면 여자아이도 비슷하게 전파사 가게에 딸려 있는 방에서 모습을 나타냈다. 나는 『소공자』와 『소공녀』를 비롯하여 『빨간머리 앤』과 『프란다스의 개』, 『황제의 밀사』와 『녹색의 장원』 등 내가 읽었던 책 이야기를 주로 했다. 당연히 프랭크 해리스의 『애경기(愛經記)』나 『카사노바 일대기』 따위는 입 밖에도 꺼내지 않았다. 여자아이는 자기가 다니고 있는 학교

생활과 창경원에 놀러갔던 얘기를 내게 들려주었다.

"그 창경원은 나도 알아."

내 말에 여자아이는 깜짝 놀란 얼굴을 했다.

"어떻게…?"

"나도 서울서 태어났거든."

"정말?"

"혜화동서 태어났대."

"혜화동이면 바로 창경원이 있는 동넨데?"

"그래."

"그 동네 기억나?"

"조금씩은 기억나. 집 앞의 길 모습과 벚꽃이 핀 창경원 풍경이…."

그러나 가장 생생하게 떠오르는 것은 항구도시로 이사 가기 전 해엔가 일어난 4.19 때 머리에 흰 띠를 두른 사람들을 가득 실은 트럭들이 집 앞을 지나가던 광경이었다.

"넌 중학교는 어디로 가?"

툇마루에 앉아 이런 저런 얘기를 나누던 어느 하루 여자아이가 물었다. ㅃㅃㅃㅃㅂ

"그냥 여기 있는 중학교로 가지, 뭐."

"서울로는 안 가?"

"대개들 중학교와 고등학교는 여기서 다녀. 여기도 좋은 학교가 있거든."

여자아이는 무슨 생각을 하는지 화단으로 눈을 준 채 희미하게 고개를 끄덕였다. 갖가지 빛깔과 모양으로 꽃을 피우며 화단에 빽빽하게 들어찬 화초들의 푸른 줄기가 내리쬐는 햇살에 윤기를 뿜으며 하얗게 눈을 찔렀다.

"마당이 넓어서 참 좋아. 서울에는 이렇게 넓은 집이 별로 없어."

"그야 서울이니까 그렇겠지."

"우리 집은 마당이 손바닥만 했거든…."

잠시 침묵하는가 싶더니 여자아이의 눈에 눈물이 고이기 시작했다.

"왜 그러니?"

"아냐, 아무 것도."

여자아이가 당황한 표정을 지으며 손등으로 눈가를 살짝 훔쳤다.

"왜 그랬니?"

"그, 그냥…."

여자아이는 나를 보며 애매하게 웃었다.

"무슨 일 있는 거니?"

"아니, 그냥 우리 집 생각이 나서…."

"집이 왜?"

"없어졌어. 조그만 집이지만 행복했었는데. 아빠가 건강하셨을 땐. 지금은 전세를 살아. 그리고 또 이사 가야 할지도 몰라."

"그래…?"

"지금 살고 있는 데보다 더 작은 집으로, 그리고 더 먼 곳으로… 그래도 아빠만 다시 건강해지실 수 있으면 좋겠어."

나는 마룻바닥을 짚고 있는 여자아이의 자그맣고 하얀 손을 가만히 내려다보았다. 그러다가 내 검지를 움직여 여자아이의 검지 끝에 살며시 갖다 대었다. 서로의 검지 끝을 맞대자 여자아이와 내가 피가 통하면서 하나로 이어진 것 같은 기분이 들었다. 나는 그 이어진 부분으로 나 스스로도 뭐라고 말할 수 없는 어떤 마음을 흘려보냈다.

"고등학교를 졸업하면 대학은 서울로 가게 될 거야."

"정말?"

여자아이기 고개를 쳐들었다.

"중학교와 고등학교에 가서도 공부를 잘하면."

"너 공부 잘해?"

"지금은 약간 그런 편이야."

"그러니…?"

왠지 나는 서울로 가야 하고, 가게 될 것 같았다. 이미 나는 떠나는 자의 기쁨을 알고 있었다. 그랬으므로, 비록 이곳에 온 지가 아직 일 년 반밖에 되지 않았지만 항구도시를 떠나고 싶었던 것처럼 언젠가는 또 이 도시를 떠나고 싶어하리라는 생각이 들었다.

내가 그런 상념에 잠겨 있는 사이, 여자아이는 말없이 검지 끝으로 내 검지 손톱을 살살 문질렀다.

이튿날 나는 여자아이를 데려고 나가 내가 다니고 있는 학교를 구경시켜 주었다. 그리고 그 다음날은 집에서 조금 떨어진 빙과가게로 가서 얼음과자를 사 주기도 했다. 이상한 일이었다. 그 아이와 함께 있는 동안은 준희누나도 그리고 합창대회 때 보았던 여자아이도 생각나지 않았다.

며칠 뒤였다. 담임선생 댁에 가서 과외수업을 하고 돌아오니 여자아이가 툇마루에 앉아 그림을 그리고 있었다.

"화단의 꽃들을 그리고 있었어."

스케치북을 들여다보니 여자아이의 그림 솜씨가 보통이 아니었다. 솔직히 말하면, 사생대회에 나갈 때마다 가작 정도의 상을 받아오던 나보다 훨씬 나았다. 아마 준영이보다도.

"이 스케치북하고 크레파스는 어디서 났어?"

"언니가 사 준 거야."

언니란 전파상 아저씨의 아내를 말했다.

"내 걸 쓰지 그랬어? 나한테도 있는데."

"놀러 온 기념으로 사 주는 거래."

"아줌마 참 착하네."

전파사 아줌마는 어쩜 예쁜 그 여자아이가 안쓰럽게 생각되었는지도 몰랐다.

"나, 이곳을 기억하려고 그렸어."

화단과 스케치북을 한 차례 번갈아 보고 나서 여자아이가 말했다. 목소리에 슬픔 같은 게 배어 있었다.

"너 나중에 화가 해도 되겠다."

"글쎄, 나도 그러고는 싶긴 한데…."

그때 문득 어떤 생각이 떠올랐다.

"내 얼굴 안 그려 볼래?"

"얼굴은 잘 못 그려."

"그래도 한번 그려 봐."

"그려도 닮지 않을 거야."

"그래, 그럼."

나는 체념하면서 멋쩍게 웃었다. 그러자

"아냐. 그려 볼게."

여자아이가 스케치북을 무릎 위로 올리고 4B 연필을 집어 들었다.

여자아이의 그림 그리기는 해가 저물 때까지 계속되었다.

"잘 그렸는데?"

그림은 제법 많이 나를 닮아 있었다. 역시 여자아이의 그림 솜씨는 예사롭지가 않았다. 그리고 아까 했던 말과 달리 얼굴 그림도 많이 그려본 것 같았다.

"이 그림 나 주면 안 돼?"

"싫어, 창피해."

여자아이는 스케치북을 덮으며 고개를 저었다.

"네가 그린 그림을 갖고 싶은데…."

"나중에 정말 잘 그리게 되면 그려 줄게."

"나중에…?"

"응."

그 나중이란 게 언제일까. 그러나 나는 묻지 않았다. 여자아이가 잠시 주저주저하다가 입을 열었다.

"나 어쩜 내일쯤 갈지 몰라."

"내일? 정말?"

"확실히는 모르겠지만 어쩌면… 엄마가 이사 갈 집을

구했다는 편지가 왔대, 오빠한테로."

"그래…?"

나는 뭔가 더 말을 해야 했지만 무슨 말을 해야 할지 잘 생각이 나지 않았다. 아니, 하고 싶은 말이 있었지만 내일 가서 하리라 생각했다.

그리고 다음날이었다. 아침부터 여자아이의 모습을 볼 수 없었다. 여느 때도 그 시각엔 잘 나오진 않긴 했지만. 나는 조금 불안한 마음으로 담임선생 댁에 과외수업을 하러 갔다. 혹시라도 오전에 떠나면 어쩌나 싶어서였다.

그 불안감 때문에 과외수업을 마치자마자 부리나케 집으로 돌아왔다. 여전히 여자아이는 보이지 않았다. 아직 방에 있는 걸까, 아니면 그새 떠난 걸까.

툇마루에 작은 책상을 내 놓고 문제집을 풀면서 나는 여자아이가 나타나기를 기다렸다. 그러나 전파사 가게의 방을 곁눈질하면서 한참을 기다려도 여자아이는 나오지 않았다. 불안감이 먹구름장처럼 시커멓게 밀려들기 시작했다. 그리고 얼마나 더 시간이 흘렀을까. 나도 모르게 깜빡 잠이 들었는데 누군가가 내 몸을 흔들었다. 그러나 눈을 뜨려고 해도 눈꺼풀이 계속 내려앉고 몸도 천근만근 무거웠다. 흐리멍덩한 의식 사이로 얘, 얘 하는 소리를 들은 것 같았다. 그런데도 도무지 눈을 뜨지도 몸을 일으키지도 못 했다. 간밤에 이런 저런 생각으로 늦게 잠들었던 탓일까. 그러나 그렇게 잠에 곯아떨어지기는 전에 없던 일이었다.

잠에서 깨어난 것은 긴 오후 해가 거의 저물어갈 무렵이었다. 식은땀을 흘렸는지 후덥지근한 날씨에도 으스스 한기가 느껴졌다. 그보다 주위가 너무 적막했다. 그 적막함은 누군가가 사라졌다는 칼날 같은 직감 때문에 더욱 그랬다.

다음날부터 여자아이를 볼 수가 없었다. 허망하기 짝이 없었다. 어떻게 그런 일이 있을 수 있을까. 평소 예민한 편이어서 깊은 잠에 잘 빠지지 않았고 잠귀도 밝은 나였던 것이다.

그리고 그 후로 영영 그 여자아이를 보지 못 했다. 여자아이를 보지 못하면서 갑자기 마당과 집안 전체가 텅 빈 것 같았고 막바지로 접어드는 여름이 낯설게만 느껴졌다.

그렇지만 방학이 끝날 즈음해선 마음과 몸 모두가 변한 듯하면서 왠지 모르게 전보다 내가 조금 달라진 것 같은 기분이 들었다. 그 후 오랫동안 기억에 남는 건 그 여름에 보았던, 화단을 빼곡히 채운 키 큰 화초들의 푸름과 그 속에서 떠오르는 여자아이의 하얀 얼굴이었다. 나는 내

청춘이 초록빛으로 물들기 시작한 것도 그때부터가 아니었을까 생각했다.

그리고 모두 안녕

경천동지(驚天動地)할 사건이 이 학기가 시작되면서 발생했다. 은기가 반장에서 밀려났던 것이다. 그것은 모르긴 해도, 은기로서는 처음 당하는 황당한 일임에 틀림없을 터였다. 담임선생은 이 학기가 시작되면서 일 학기의 시험 성적을 종합해서 1등인 장병국을 반장으로 임명했다. 그러니까 일 학기를 처음 시작할 때 10등이었던 병국이가 한 학기 만에 1등이 되었던 것이다. 더욱이 1등이었던 은기는 2등도 아닌 3등이었으므로 눈앞에 드러난 사실을 차마 믿지 못하겠다는 태도였다. 믿기지 않기는 나도 마찬가지였다. 어떻게 입학 후 오 년 동안 한 번도 5등 안에 들지 못했던 녀석이 6학년에 올라와서 반 년 만에, 그것도 1등을 할 수 있단 말인가. 그렇지만 그것은 부인할 수 없는 엄연한 사실이었다.

병국이가 반장이 됨으로써 은기는 나의 전철을 밟게 되었다. 일 학기 때처럼 2등인 내가 부반장을 사양하자 3등인 녀석도 나와 똑같은 이유로 부반장을 사양했다. 결국 부반장은 5등 밖에 있는 다른 녀석에게로 돌아갔다.

그러나 그것으로 모든 게 끝나지는 않았다. 은기의 더러운 성질이 어디 가는 것은 아니었으니까. 반장 자리에서 밀려나면서부터 은기가 병국이를 줄기차게 씹어대기 시작했던 것이다. 그리고 병국이는 5학년 때 원순이가 그랬던 것처럼 끊임없이 은기의 시샘에 시달려야 했다.

하지만 상황이 지난해와 같지는 않았고 그게 은기의 고민이기도 했다. 지난해엔 은기가 반장이었지만 새 반장은 병국이었다. 따라서 반장도 아닌 녀석이 반장을 노골적으로 대놓고 깔아뭉갤 수는 없었던 것이다.

은기의 병국이에 대한 적대감은 주로 불평과 비방으로 나타났다.

"노래도 못 부르는 음치가 음악 성적 수가 뭐야?"

은기의 그 툴툴거림을 들으며 나는 코웃음을 쳤다. 병국이는 노래 부를 때 음정의 높낮이를 악착같이 무시하는 완벽한 음치였다. 그렇지만 은기 제 녀석은. 녀석도 시원찮은 노래 실력으로 음악 성적 수 받기는 마찬가지였다.

병국이가 시 교육위원회에서 주는 모범 어린이상을 수상했을 때 은기가 보여준 행태는 더욱 가관이었다.

"짜식이, 지가 무슨 모범생이라고 모범상을 받아?"

병국이가 화장실에 간 사이 아이들을 모아 놓고 입에 거품을 물며 소리치던 은기는

"좋아, 정말 짜식이 모범생인지 아닌지 보자!"

하면서 복도로 나가 휴지를 떨어뜨리는 것이었다.

"뭐 하는 거야?"

내가 어이가 없어 묻자

"지가 모범생이면 복도에 떨어진 휴지를 주울 거 아냐. 정말 줍는지 안 줍는지 한번 보자구."

하고는 아이들을 교실로 다시 불러들인 후 화장실 쪽에서 병국이가 나타나기를 기다렸다.

잠시 후 병국이가 화장실이 있는 복도 저편에서 모습을 드러냈다. 은기를 비롯한 아이들은 숨을 죽이고 창문을 통해 이쪽으로 다가오는 병국이를 지켜보았다. 병국이는 앞문 쪽 복도에 떨어진 휴지를 발견하고는 무심한 표정으

로 주워서 교실로 갖고 들어와 휴지통에 버렸다. 아이들의 얼굴에는 대체로 안도의 빛이 감돌았고 은기는 머쓱한 표정을 감추지 못했다. 매사가 그런 식이었다.

하지만 은기는 영리하고 혹은 약은 녀석이었다. 계속해서 가장 많이 병국이가 1등을 하게 되자 그 현실을 받아들이게 되었던 것이다. 녀석으로서도, 어쩔 수 없는 일이기도 했겠지만 자꾸 열 받으면 자신만 손해라는 것을 모르지 않았기 때문이었다.

담임선생은 꼼꼼하지 않고 대범한 성격이었다. 그래서 학교에서나 과외수업에서나 많이 편했다. 그렇지만 나름대로는 열심이기도 했다. 그래서 아이들에게 집에서도 따로 공부하라고 했고 공부한 시간을 적어서 부모님 사인을 받아오라고도 했다. 물론, 나는 집에서만큼은 대충대충 지내는 대신 그때마다 할아버지의 사인을 위조해서 제출하곤 했다.

뭐, 그래도 입학시험을 얼마 앞두고 닷새간 치른 배치고사에서는 내가 1등을 했다. 그것도 처음 사흘간은 2등과 압도적인 차이로. 물론 이 학기를 통틀어서는 병국이가 1등이었다. 그래도 나는 어쨌건 2등은 했다. 은기는 아슬아슬한 공동 2등. 정말 지겨운 녀석이었다.

십이월 초에 실시된 입학시험에서 우리 반은 다섯 명이 일류 중학교에 합격을 했다. 다섯 반인 6학년 남자반 전체 합격자 열한 명 중 거의 절반에 가까운 숫자였다. 독사가 담임인 5반과 다른 한 반은 두 명, 나머지 반은 한 명씩이었다. 물론 우리 반 합격자 다섯 명 중엔 나도, 병국이도, 그리고 은기도 당연히 포함되어 있었다. 그러나 광호와 원순이, 완수, 그리고 내가 좋아하는 준영이는 우리 반을 제외한 여섯 명의 합격자 중에 없었다.

그렇지만 그게 뭐 대수인가. 삼 년 후에 우리는 또 고등학교 입학시험을 치고 그때 또 잘하면 만나게 될 테니까. 아니면, 대학 시험을 치고 나서, 그도 저도 아니면 또 다른 어떤 경위로라도. 우리에게는 아직 남아 있는 날들이 새털같이 너무 많은 것이다. 그때는 우리 모두가 전날의 토닥거렸던 기억들을 털어 버리고 다시금 새롭게, 그리고 신나게 낄낄댈 수 있을 것이라고 나는 생각했다.

그러므로 그날을 위해 지금은 잠시 모두 안녕!

옛집에의 추억

긴 세월을 지나오는 동안 일 년에 한두 차례 그 도시에 가게 되었다.

처음엔 차를 몰고 갔었는데 점차 번거로운 게 싫어진 탓인지 나중엔 기차를 이용하게 되었다.

그 도시에서 살았던 팔 년.

그 팔 년은 내 삶에서 적잖은 의미를 지닌다. 그 도시에서 팔 년을 살면서 나는 초등학교의 마지막 이 년을 다녔고 중학교와 고등학교를 졸업했던 것이다. 그리고 그때의 삶으로 인해 그 이후로 지금까지 내 언어는 그곳 사투리 억양을 버리지 못하고 있으며, 무엇보다 나를 그곳 출신으로 인식하게 됐던 것이다.

몇 년 전의 일이다. 선산이 있는 인근 소도시에서 성묘를 마치고 그 도시에 들렀다. 그날 저녁 친척집에서 묵은 나는 다음날 오전 시내를 한 바퀴 둘러보게 되었다. 기차 출발 시간이 한참 남아 있었던 것이다.

처음, 번화가부터 돌아보다가 계속 걷다 보니 어느 새 옛 동네에 이르렀다. 그런데 놀랍게도 내가 살던 집이 그대로 남아 있었다. 이상한 일이었다. 주변의 풍경은 새로 들어선 건물들로 많이 바뀌었는데 그 집은 다소 낡긴 했으되 대체로 전날의 모습 그대로였다. 수십 년이 지나는 동안에도 본래의 모습을 고스란히 간직하고 있는 그 집을 보자 이루 형언할 수 없는 마음이 되었다. 불현듯 되살아나는 그 집에서의 기억들로 나 자신 한 순간 어린 시절로 돌아간 듯한 느낌이 들었던 것이다.

돌이켜 생각하면, 모든 것이 순백일 수밖에 없었던 그 시절의 기억들은 지금에 오히려 소중하다고 여겨진다. 그 소중함 때문에 그 도시에서 다시 돌아온 후로 내 마음은 바빠졌다. 그 집은 언젠가 스러질 것이고 내 기억력도 장차 믿을 게 못되지만 나는 글의 영구함을 알았던 것이다.

그러므로 이 글은 장담할 수 없는 우리의 기억들을 대신하여 쓰여진 것이다. 우리 모두의 기억은 아직 시간 저편을 향해서 있다. 책을 다시 펴 주신 〈작가와비평〉 식구들에게 감사드린다.

2019. 7
김 제 철